오, 보이!

# 오, 보이!

마리 오드 뮈라이유 지음
이선한 옮김

바람의아이들

다니엘 뷔상을 위하여

# 차례

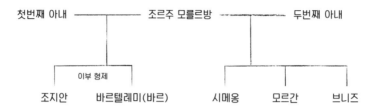

## 모를르방 가족 인물 관계도

첫번째 아내 ——————— 조르주 모를르방 ——————— 두번째 아내

이부 형제

조지안 　바르텔레미(바르) 　　시메옹 　모르간 　브니즈

## 그 외 인물

· **판사_** 로랑스 데샹
· **사회복지사_** 베네딕트 오로
· **바르의 윗집 이웃_** 에메
· **의사_** 니콜라 모브와쟁

"유머는 존엄성의 선언이며,
인간에게 닥친 일들에 대한 인간 우월성의 확인이다."


로맹 가리, 「새벽의 약속」 중에서

# 01
## 모를르방 삼 남매, 고아가 되다

파리 메르퀘르가 12번지에 모를르방 가족이 살게 된 건 2년 전부터다. 첫해에는 세 명의 아이들과 두 명의 어른이 있었고, 이듬해에는 세 명의 아이들과 한 명의 어른이 있었다. 그리고 오늘 아침 각각 열네 살, 여덟 살, 다섯 살 난 세 아이들, 시메옹, 모르간, 브니즈만 남았다.

"맹세해. 아무도 우리를 떼어 놓을 수 없어. 알겠지, 오빠?"

모르간이 말했다.

브니즈는 손을 들어 맹세할 준비를 했다. 그렇지만 모를르방 남매 중 맏이인 시메옹은 벽에 등을 기대고 카펫 바닥에 앉아 계속 생각에 잠겨 있었다. 시메옹은 손목시계를 한 번 쳐다보았다. 이제 15분밖에 남지 않았다. 사회복지사가 이번에는 '최종 해결책'을 가져올 거라고 했다. 지금까지 남매를 돌봐 주던 브니즈의 보모나 맞은편 관리인, 아래층 이웃은 모두 임시방편이었다. 친절한 이들에게도 고아가 된 열네 살, 여덟 살, 다섯 살 세 남매를 떠맡는 것은 두려운 일이었다. 이들 모두가 아파트에 모여 브니즈가 '사해복자'라고 부르는 이를 기다리고 있다.

"우리를 고아원에 보낼 거야."

시메옹이 말했다.

남매에게는 가족이 없다. 할아버지나 할머니, 삼촌, 고모, 심지어 대부모도 없다. 아무도. 모를르방 가족은 세 명뿐이었다. 브니즈가 언니에게 궁금한 눈빛을 보냈다.

"고아원은 부모가 없는 아이들이 사는 집이야."

"그래?"

브니즈도 더 묻지 않았다.

어제부터 이들은 '부모가 없는 아이들'이다. 브니즈도 그 사실을 완벽하게 받아들였다. 브니즈에게 거짓말을 할 이유도 없다. 거짓말을 해 봐야 소용없다. 엄마가 죽었다고 한다. 그래도 엄마는 브니즈를 무용 수업에 데려다주어야 한다. 무용 선생님은 결석을 싫어하니까.

시메옹은 시계를 봤다. 십 분. 이제 십 분 남았다. 시곗줄 위로 전날 생긴 붉은 반점이 보인다. 소매를 길게 내렸다.

"아빠는 죽지 않았어. 그냥 사라진 거야. 사람들이 아빠를 찾아 볼 거야."

시메옹이 고민 끝에 말했다.

이웃들이 아이들의 식품 보조금을 청구하기 위해 아빠의 행방을 수소문해 본 적이 있었다. 하지만 알아낸 것이라고는 그가 아주 어린 나이에 결혼했다가 아내를 버리고 떠난 적이 있다는 사실뿐이었다.

"그래!"

시메옹이 가는 손가락을 튕기며 소리쳤다.

해결책이, 있다! 아버지가 엄마와 결혼하기 전에 결혼했던 여자? 물론 그건 아니다. 그 여자라면 브니즈의 보모나 관리인 아주머니와 다를 게 없다. 고아 셋을 데리고 현관에 들어서기가 무섭게 곧바로 내보낼 궁리나 할 것이다. 그게 아니라, '최종 해결책'은 바로 그 결혼에서 생긴 자녀들이다.

"우리는…… 아빠가 같아. 우리는…… 그러니까…… 피가 섞였어."

시메옹이 갑작스레 떠오른 생각에 홀린 듯이 말했다. 아이들에게도 가족이 있다. 물론 한 번도 본 적 없고 생각해 본 것도 오늘이 처음이지만 그래도 아이들과 같은 성을 가진 이들이 있다.

"모를르방! 그들도 우리처럼 모를르방이야. 이런 바보 같은 이름을 가진 사람이 또 있는 거야."

시메옹이 흥분해서 소리쳤다.

오 분, 바로 오 분 뒤에 사회복지사를 설득해야 한다. 시메옹은 주먹을 꼭 쥐었다. 그때 브니즈가 물었다.

"오빠, 맹세하는 거야, 안 하는 거야?"

"그래, 맹세해! 얘들아, 잘 들어. 지구상에 우리 말고 모를르방이라는 성을 가진 다른 사람들이 또 있어. 몇 명인지는 몰라. 우리의 이복형인지, 이복 누나인지도 몰라. 어쨌든 우리보다 먼저 태어났어. 그러니 우리보다 나이가 많겠지. 알겠어? 그들이 꼭 우리의 후견인이 되어 줄 거야."

반쯤 눈을 감은 브니즈 앞에 칼을 찬 멋진 모를르방의 근위대가 보이는 듯했다. 조금 더 현실적인 시메옹은 벌써 나이 많은 형제가 고아가 된 동생들을 키워 줄 의무가 있나 궁금해하고 있었다. 소년은 주먹을 앞으로 내밀고 놀랍도록 진지한 말투로 이야기했다.

"모를르방이 아니면 죽음을!"

모르간이 그 위에 주먹을 포개자 브니즈도 함께하며 다짐했다.

"모를르방이 아니면 죽음을!"

그리고 물었다.

"오빠, 팔이 왜 그래?"

시메옹은 얼른 올라가 있던 소매를 잡아 내리며 얼버무렸다.

"그냥, 부딪혀서 그래."

그때 현관문 열리는 소리가 들렸다. 베네딕트 오로, 사회복지사가 온 것이다.

"얘들아! 이제 됐어."

계단을 오르느라 숨이 찼는지 사회복지사가 헐떡이며 말했다.

그러자 시메옹이 재빨리 대꾸했다.

"우리도요!"

"모를르방 형제들이 지켜줄 거예요!"

브니즈가 상상 속의 검으로 '조로의 Z'를 그리며 말했다.

모르간은 설명하기 시작했다.

"아빠가 첫 결혼에서 낳은 이복형제들이 있어요. 그래도 형제는 형제잖아요. 난 학교에서 10점 만점에 평균 9.5점을 받고 륵산은 9점이에요. 륵산보다 제가 더 잘해요."

사회복지사의 어리둥절한 표정을 보고 모르간이 덧붙였다.

"내 친구 륵산은 중국 사람이에요. 부모님은 가짜고 입양아예요. 하지만 없는 것보다는 낫대요. 이복형제도 아무것도 없는 것보다는 나아요."

'아이들이 혼란스러워하는구나.'

그녀는 일을 더 복잡하게 만들고 싶지 않았다.

"폴리 메리쿠르 보육원에서 너희를 받아주신대. 학교를 옮기지 않아도 괜찮고……."

"우리 이야기를 못 알아들었군요."

시메옹이 말을 끊었다.

"우리는 오빠들에게 가고 싶어요!"

브니즈가 소리쳤다(브니즈는 원래 남자를 더 좋아한다).

"안 그럼 우리는 그냥 죽어 버릴 거예요."

모르간이 덤덤한 말투로 덧붙였다.

모르간의 말에 사회복지사는 뜨끔했다. 사람들은 세 아이들에게 어머니의 죽음에 대해 거짓말을 했다. 아이들에게 너무 큰 충격을 줄까 봐 계단에서 굴러떨어졌다고 한 것이다. 사실 아이들의 어머니는 주방 세제를 마셨다. 그리고 고통스러운 나머지 도움을 요청하러 뛰어나오다가 계단에서 굴러떨어져 죽었다. 자살이었다.

"얘들아, 내 말 좀 들어 봐."

"아니에요. 우리 말을 좀 들어 보세요. 우리에게 가족이 있으니 그들에게 알려야 해요. 아빠에게 다른 자식이 있었다니까요."

시메옹이 말했다.

시메옹은 그들이 몇 명인지, 남자인지 여자인지도 모른다. 그런데 관심을 가져 본 적도 없다. 어느 날, 우울증에 시달리던 엄마가 투덜거리는 말을 들었을 뿐이다. '나쁜 놈! 그 망할 놈이 아이들을

버린 게 처음은 아니지.'

"모를르방은 흔한 성이 아니에요. 분명히 찾을 수 있을 거예요."

시메옹의 간청에도 베네딕트는 긍정도 부정도 할 수 없다는 듯이 고개를 저었다.

"우선은 너희를 보육원에 데려가야 해. 그게 가장 시급한 일이야."

"아니에요! 가장 시급한 일은 우리 이복형제나 이복 자매가 성인이라면 그들에게 후견인 지위를 부여할 수 있는지 알아보는 거예요. 혹시 제게 민법 법전을 가져다주실 수 있나요?"

사회복지사는 아무 말도 못 하고 그저 시메옹을 바라보았다. 그녀는 지금까지 많은 청소년들을 봐 왔지만 이렇게 말하는 아이는 처음이었다.

"전…… 천재예요."

시메옹이 사과하듯 웅얼거렸다.


폴리 메리쿠르 보육원의 메리오 원장은 원래 모를르방 아이들을 받지 않으려고 했다. 열두 살에서 열여덟 살의 남자아이들만 생활하는 시설이었기 때문이다. 시메옹은 받아줄 수 있지만 어린 자매들은 안 된다는 것이다.

"애들이 너무 혼란스러워하고 있어요."

사회복지사는 원장에게 설명했다.

"지금 아이들이 흩어지면 정신적으로 큰 충격을 받게 될 거예요. 제가 위탁가정을 찾아 볼 테니 그때까지만이라도……."

이렇게 말하면서 사회복지사는 보육원의 상태를 파악하려 주위를 둘러보았다. 그녀의 등 뒤에서 미니 축구를 하던 아이들이 '깔아뭉개', '죽인다' 같은 험한 말을 하고 있었다.

사회복지사가 말을 이었다.

"모를르방 남매들은 고립되어 있어요. 여기서 또래 아이들과 지내다 보면 점차 나아질 거예요."

"다섯 살, 여덟 살 소녀들이 나이 많은 소년들과 함께 지낼 수는 없어요."

원장의 말투는 완강했다.

사회복지사는 마지막으로 원장의 동정심에 기대 보기로 했다.

"아이들은 최근에 정말 비극적인 일을 겪었어요. 집을 나간 아버지는 살았는지 죽었는지도 알 수 없고, 우울증에 걸린 어머니는 얼마 전 음독자살을 했어요."

원장의 얼굴이 고통스럽다는 듯 찌푸려졌다. 등 뒤에서 들리던 욕설도 멈추었다. 아이들도 그 말을 들었던 것이다.

"우선 데리고 오세요. 어떻게든 해 봅시다."

연민에 사로잡힌 원장이 결국 물러섰다.

이렇게 해서 모르간과 브니즈는 폴리 메리쿠르 보육원의 작은 방에 머무르게 되었다. 청소 도구를 넣어 두는 창고를 손봐 만든 방 같았다. 안뜰을 향해 있는 유일한 창 너머로 건물 외벽에 있는 부서진 파이프를 타고 하수가 흘러내리는 소리가 들렸다. 그에 비해 시메옹의 방은 밝고 넓었다. 그렇지만 안타깝게도 동갑인 토니와 방을 함께 써야 했다. 시메옹은 매일 밤 미니 축구를 고안해 낸 누군가를 향해 고마워했다. 토니가 다른 아이들과 미니 축구를 하러 방을 나가면, 그제야 비로소 가방 깊숙이 넣어 둔 교과서를 꺼낼 수 있었다. 아주 오래전부터, 정확히는 어린이집에 다닐 때부터 시메옹은 자신이 다른 아이들과 다르다는 것을 감추는 편이 낫다는 걸 터득했다.

'나이, 질병, 거리, 직업 또는 가정 형편 때문에 새로운 의무가 특별히 부담되는 경우에는 후견인의 의무를 면할 수 있다.'

시메옹은 벽에 기대앉아 학교 도서관에서 빌려 온 민법 책을 단어 하나하나 짚어 가며 정독했다. 민법에 따르면, 할아버지나 할머니는 미성년 고아의 후견을 거절하기 어렵다. 그렇지만 형제, 자매들에 대해서는 별다른 언급이 없었다. 이복형제에 대해서는 더 그렇다. 문을 긁는 소리에 시메옹이 고개를 들었다. 여동생들이 방으로 들어왔다.

"어때?"

모르간이 조심스럽게 물었다.

"읽어 보는 중이야."

시메옹은 민법을 덮으며 말했다.

"다음에는 형법을 빌려 와서 토끼이빨을 죽이면 감옥에 가게 되는지 알아봐야겠어."

토끼이빨은 토니의 별명이다.

"너희는 둘이 같이 있어서 좋겠다."

시메옹이 나란히 놓인 두 침대를 보며 말했다. 침대 발치에 놓인 동생의 인형들 사이에서 자고 싶었다.

"그런데 언니는 엄마처럼 옛날이야기를 재미있게 못 해 줘."

브니즈가 중얼거렸다.

갑자기 침묵이 찾아왔다. 엄청난 고통이 세 사람을 짓눌렀다.

"그렇구나. 화요일에 판사를 만날 거야."

"왜 판사를 만나? 엄마가 계단에서 굴러떨어져 죽은 건 우리 잘못이 아니야!"

브니즈가 겁에 질려 말했다.

시메옹이 둘째에게 브니즈를 맡겼다.

"네가 설명해 줘."

"우리에게 벌을 주려는 게 아니야. 여기서 나가면 우리가 어디로 가야 할지……."

"나가서 설명해 줘. 난 더 생각할 게 있어."

시메옹이 방문을 가리키며 말했다.

아이들은 순순히 밖으로 나갔다. 오빠가 생각을 한다는 건 더없이 신성한 일이었다.

소년은 시계를 보았다. 밤 9시 15분. 팔에 있던 붉은 반점이 푸르스름하게 변했다. 다른 팔에도 반점 하나가 생겼지만 더 생각하고 싶지 않았다.

"아홉 시 십오 분……."

시메옹이 낮은 목소리로 중얼거렸다.

9시 30분이면 토끼이빨이 올 것이다. 15분. 울 수 있는 시간이 15분뿐이었다.

'모든 게 다…….'

시메옹은 베개에 얼굴을 묻고 울음을 터뜨렸다. 어둠의 팔이 시메옹 위에 드리워졌다.

"엄마……."

시메옹은 깊은 한숨을 내쉬며 잠들었다.


다음 날 아침, 시메옹은 얼굴만 아는 두 소년과 복도에서 마주쳤다. 그들이 시메옹을 가로막았다.

"야, 어제 토끼이빨이 너희 엄마에 대해 한 말 사실이야?"

시메옹은 재빨리 상황을 가늠해 보았다. 지금 복도에는 세 사람뿐이다. 아이들은 자신보다 머리 하나는 더 크다. 무시해서도, 자극해서도 안 된다.

"무슨 이야기인지 모르겠는데."

시메옹이 덤덤하게 대꾸했다.

"너희 엄마 변기 세제 마시고 자살했다며?"

시메옹의 마른 몸이 고통으로 찢기는 듯했다. 그제야 다른 아이들이 자신을 향해 던지던 공포와 동정이 섞인 시선, 자신이 방에 들어서면 조용해지던 수군거림이 이해가 되었다. 시메옹은 천천히 입꼬리를 올려 웃어 보였다.

"뭔 소리야? 주방 세제거든."

폴리 메리쿠르 보육원에는 온갖 불행한 청소년들이 모여 있다. 그렇지만 이 정도면 그 모든 불행을 뛰어넘는다. 괜히 기가 죽은 두 소년은 벽에 붙어 시메옹에게 길을 터 주었다.

시메옹이 식당에 들어갔을 때 식탁에 앉아 있던 동생들이 울고 있었다.

"왜 그래?"

시메옹이 그 앞에 앉아 물었다.

"토끼이빨이 그러는데…… 엄마가…… 엄마가……."

모르간이 굵은 눈물을 뚝뚝 흘리며 말을 잇지 못했다. 시메옹이 브니즈를 보자 막내는 부끄러운 비밀을 털어놓듯이 속삭였다.

"엄마가 변기 세제를 마셨대."

시메옹은 다시 천천히 미소를 지었다. 당황스러운 상황에서 벗어나게 해 줄 대답이 준비된 것이다.

"뭔 소리야? 우리 집에는 변기 세제 없었잖아."

시메옹이 단호하게 말했다.

"아, 그러네."

브니즈가 안도의 한숨을 쉬었다.

## 02
## 동방박사를 기다리다

　모를르방 남매의 후견인 지정 담당 판사 로랑스 데샹은 예쁘장하고 열정적이며 초콜릿을 달고 살아 통통하게 살이 찐 중년 여성이다. 판사의 서랍 속에는 씁쓸하면서 달콤하고, 부드러우면서도 떫은 네슬레의 카카오 52% 초콜릿이 늘 준비되어 있다. 판사는 막막해 보이는 모를르방 아이들 사건의 서류를 훑어보다가 진한 초콜릿 두 쪽을 먹어야겠다는 생각이 들었다. 잇자국을 진하게 찍으며 초콜릿을 베어 물자마자 문 두드리는 소리가 들렸다.

　"들어오세요!"

　판사가 당황하며 대답했다. 재빨리 서랍을 닫고 엄지로 입술 주변을 훔쳤다. 입가에 초콜릿 수염을 남겨서 은밀한 습관을 들키고 싶지 않았다.

젊은 사회복지사인 베네딕트 오로가 판사의 사무실로 들어섰다. 두 여자는 함께 일한 지 얼마 되지 않아 잘 아는 사이는 아니었다.

"앉으세요."

초콜릿으로 입안이 끈적거리는 걸 감추려는 듯, 판사는 짐짓 위엄 있는 표정으로 말했다.

베네딕트는 다소곳이 의자 가장자리에 앉았다.

"모를르방 아이들 일로 보자고 했어요. 아이들이 그곳을 마음에 들어 하나요?"

판사가 물었다.

베네딕트는 판사의 사무적인 말투 때문에 무언가 못마땅한 게 있나 싶었다. 뭐라고 대답해야 할지 고민하며 판사의 얼굴을 빤히 바라보았다. 판사는 '입가에 초콜릿 자국이 남았나' 뜨끔해서 괜히 고민하는 척 입가를 쓸었다.

"아이들 반응이 어때요?"

"그게…… 혼란스러워하고 있어요."

"그렇겠죠. 큰애는…… 남자애 맞죠?"

"네. 시메옹이라고 해요"

"열네 살이지요?"

"네."

"주눅이 들어 있나요, 아니면 반발하던가요?"

"아뇨, 그런 게 아니라…….."

베네딕트는 시메옹에 대해 뭐라고 이야기할지 고민하며 머뭇거렸다.

"말은 하나요? 충격을 받아서 아무 말도 안 해요?"

판사가 물었다.

"아니요…….."

조금 짜증이 난 판사는 서류를 다시 들여다보기 시작했다.

"저런! 정말 사고무친이네. 일가친척도, 친구도 아예 없군요. 후견인을 어떻게 정해야 할지 막막하네요."

"브니즈를 봐 주던 베이비시터가 있어요. 아이가 가정을 찾게 되면 계속 자기가 브니즈를 돌보고 싶다고 해요."

"네…….."

로랑스 데샹 판사가 한숨을 내쉬며 말을 이었다.

"하지만 아이들을 갈라 놓는 건 바람직하지 못해요. 그 아이, 만 열네 살이라고 했죠? 그럼 중학교 3학년?"

"아뇨, 고등학교 졸업반이에요."

"그럴 리가요. 열네 살인데."

판사가 믿을 수 없다는 듯 되물었다. 그러고는 서류를 보며 이마를 찌푸렸다.

'시메옹 모를르방, 열네 살, 생트 클로틸드 고등학교 졸업반.'

"엄청난 아이로군요!"

판사가 소리쳤다.

"네, 그렇다고 할 수 있죠. 보통 아이들과는 확실히 달라요. 시메옹은 자신이 천재라고 생각해요."

만만치 않은 시메옹 때문에 골치깨나 아팠던 사회복지사가 푸념하듯 말했다.

"천재 맞네요."

판사는 갑자기 모를르방 아이들 일에 흥미가 생겼다. 자신의 손에 어린 천재의 운명이 달려 있다니. '시메옹 모를르방', 이름도 수상쩍다. 까칠한 미소년이라……. 로랑스에게 초콜릿만으로는 충족되지 않는 뜨거운 열망이 꿈틀거렸다. 어린 천재를 돌보고, 정서적 안정을 찾도록 도와주고, 그의 인생을 이끌어 준다……. 판사는 이 모든 것들을 막연히 떠올리며 '시메옹 모를르방'이라는 이름을 되뇌었다.

"방금 뭐라고 했죠?"

판사가 놀라서 물었다. 판사가 생각에 잠겨 있는 동안 계속되던 사회복지사의 이야기가 뒤늦게 귀에 꽂힌 것이다.

"이복형제나 자매에 대해……."

"어떤 이복형제요?"

"모를르방 성을 가진 누군가가 또 있는 것 같아요. 집을 나간 아버지가 예전에 결혼한 적이 있는데, 그때 자녀가 있었대요."

"서류에는 없는데……."

"그 아이 생각이에요."

베네딕트는 판사에게 이 이야기를 꺼내야 하는 상황을 만든 시메옹이 못마땅했다.

"다른 모를르방이 있다면 그건 아주 중요한 문제예요. 흔치 않은 성이니까 확인을 해 봐야겠네요."

판사는 말을 멈추고 의자를 돌려 컴퓨터를 켰다. 그러고는 민첩한 손놀림으로 '모를르방 파리 75'를 쳤다. 화면에 이름 두 개가 떴다. 하나는 조지안 모를르방, 그리고 바르텔레미 모를르방. 판사는 두 사람의 주소를 메모하고 나서 신중하게 프랑스 전국을 대상으로 모를르방을 다시 검색했다. 더는 없었다.

로랑스는 수첩을 보았다. 모를르방 아이들과의 면담은 다음 주 화요일로 잡혀 있었다. 오늘은 금요일이다. 신속하게 알아보아야 한다. 바로 다음 날 사무실에서 그리 멀지 않은 곳에 사는 조지안 모를르방부터 찾아가 보기로 했다.

토요일 아침, 로랑스는 몽수리 공원 근처의 한 고급스러운 건물 앞에 도착했다. 조지안 모를르방 박사의 안과 병원이 있는 곳이다. 살집이 있고 나이 지긋한 부인이 점잖게 물었다.

"예약하셨나요?"

"아뇨, 저는 후견인 담당 판사 로랑스 데샹이라고 합니다."

로랑스는 사람들이 자신의 직무는 정확히 이해하지 못해도 판사라는 말만 듣고도 긴장한다는 걸 잘 알고 있다. 아니나 다를까 부인은 두근거리는 심장을 진정시키려는 듯 무거운 가슴에 손을 올리며 말했다.

"무슨 문제가 있나요?"

"심각한 일은 아니에요."

판사는 고아들을 떠올리며 대답했다.

"적어도 모를르방 박사님에게 심각한 일이 생긴 건 아니에요. 부친인 조르주 모를르방 씨에 대해서 드릴 말씀이 있는데요."

"그 사람은 아이 아빠가 아니에요!"

부인이 소리쳤다.

"내 딸 조지안은…… 모를르방 박사가 내 딸이에요."

판사는 무슨 말인지 알겠다는 듯 고개를 끄덕였다.

"조지안은 첫 번째 남편의 의붓딸이에요. 그냥 그 성을 따른 것뿐이에요."

그러니까 조지안 모를르방은 조르주 모를르방의 의붓딸로 고아가 된 삼 남매와는 혈연관계가 없다.

"조르주가 죽은 건가요?"

부인이 눈에 희미한 광채를 띠며 묻자 판사는 알겠다는 듯 웃었다.

"유산 문제는 아닙니다, 부인. 아니, 좀 거북한 유산일 수도 있겠군요. 모를르방 씨가 세 어린아이를 남겼어요."

부인은 천장에서 무언가 떨어지기라도 한 것처럼 소스라치게 놀라며 한 걸음 물러났다.

"아! 제가 말하지 않았나요? 제 딸은 조르주 모를르방과 아무런 관계가 없다고요. 전혀요. 저도 마찬가지구요."

말투에서 신경질이 묻어났다. 상스럽게 느껴질 정도였다. 로랑스 데샹 판사는 분노가 치밀어 오르는 것이 느껴졌다. 다행히 어린 천재 시메옹은 이 매정한 여자와 혈연관계가 아니다.

"그래도 성은 같으니까요."

판사가 말을 이었다.

"따님에게 12월 13일 화요일 11시까지 제 사무실로 와 달라고 전해 주세요. 어쩌면 따님 생각은 다를 수도 있지 않을까요?"

거리로 나온 판사는 화가 나서 질문 하나를 깜빡했다는 사실을 깨달았다. 바르텔레미 모를르방 역시 조르주 모를르방의 의붓아들이 아닐까? 그렇다면 모를르방 아이들의 가족을 찾겠다는 마지막 희망은 사라져 버리고 만다. 결국 그들은 공식적인 고아가 되어,

기약 없는 입양을 기다리며 보육원에서 자라야 할 것이다.


　바르텔레미 모를르방은 마레 지구에 있는 엘리베이터 없는 건물 6층에 산다. 엘리베이터가 없다는 사실을 계단참에 가서야 깨달은 판사는 맥 풀린 손을 핸드백에 넣었다. 손목을 살짝 움직여 초콜릿 한 조각을 잘라 슬그머니 입으로 가져갔다. 6층까지 걸어 올라가야 하니 초콜릿을 녹여 먹기로 한다. 혀에 납작 얹힌 초콜릿을 입천장에 붙여 살살 녹여 먹는 즐거움은 위안이 되었지만, 작고 단단한 초콜릿 조각을 이로 깨물어 먹지 못해 아쉽기도 했다. 5층까지 오른 뒤 로랑스는 입에 남은 초콜릿을 씹어 삼켰다.

　"바르텔레미 모를르방 씨?"

　주근깨투성이의 못생긴 청년이 문밖으로 얼굴을 내밀었다.

　"아니. 전 레오임다."

　"후견인 담당 판사 로랑스 데샹입니다. 모를르방 씨에게 드릴 말씀이 있어요."

　"짐 없는데. 먼 일이죠?"

　남자는 말을 삼키며 부자연스럽게 말했다.

　"아버지, 조르주 모를르방 씨에 대해서요."

　그러자 청년은 밖으로 나와서 항의하듯이 소리쳤다.

　"바르는 지 아빠에 대해 상관 안 해요."

"그럴 수도 있겠죠. 어쨌든 당신이 결정할 일은 아니지요. 다음 주 13일 화요일 오전 11시에 제 사무실에서 모를르방 씨를 만났으면 합니다. 여기, 제 명함이에요. 잊지 말고 전해 주실 거죠? 화요일이에요. 법으로 정해져 있는 거예요."

판사를 제대로 보지도 못하고 흔들리는 그의 눈동자는 법이 무슨 상관이냐고 말하는 듯했다.

집에 돌아온 로랑스 판사는 오전을 다 날려 버린 듯해서 허탈했다. 대체 누가 아무 상관도 없는 고아 세 명을 맡겠는가? 그러다 다시금 어린 천재의 이름, '시메옹 모를르방'을 되뇌며 미소를 지었다. 아무도 맡지 않는다면 그녀가 그 아이를 돌볼 것이다.

하지만 시메옹의 계획은 달랐다. 아이는 사회복지사를 구워삶아 다른 모를르방들에 대해 그녀가 알아낸 모든 정보들을 입수했다. 월요일 저녁, 동생들의 방에서 시메옹은 '파우와우'를 소집했다. 인디언 부족의 전통처럼 세 아이들은 이불을 덮고 카펫 위에 양반다리를 하고 앉아 있다. 모를르방 가족이 모두 함께 살 때, 아이들은 '파우와우' 시간에 불붙인 파이프를 돌리기도 했다. 그러면 엄마는 아빠에게 '너무 무책임하다'고 말하곤 했다. 그 말을 자주 해서였을까? 아버지는 결국 가족을 버리고 집을 나가 엄마의 말이 옳았음을 증명해 보였다.

"얘들아, 잘 들어 봐. 그동안 내가 알아본 바로는 모를르방이 두 명 더 있어."

시메옹이 말했다.

"남자야, 여자야?"

브니즈에게는 이게 가장 중요한 문제다.

"한 명은 여자, 안과 의사야."

브니즈는 언니에게 안과 의사가 뭔지 물어볼 생각조차 들지 않았다. 그래도 모르간이 알아서 설명해 주었다.

"안과 의사는 눈을 고치는 의사야."

"이름은 조지안인데, 엄밀히 말하면 진짜 모를르방은 아니야. 친엄마가 우리 아빠랑 결혼해서 성을 따랐을 뿐이지."

"왜?"

브니즈가 묻자, 시메옹은 모르간에게 신호를 보냈다. 모르간은 잠시 망설이다가 입을 열었다.

"아빠가 그 여자를 입양했다는 뜻이야. 내 친구 륵산처럼."

"그렇구나."

막내는 얌전히 수긍했다.

"또 다른 모를르방은 진짜야. 우리의 이복형제가 맞아. 골동품 점 직원이래."

소년은 가장 중요한 내용을 마지막에 이야기해 주려고 아껴 두고 있었다.

"이름이 바르텔레미야."

"와!"

두 소녀들이 환호했다.

"동방박사랑 똑같네!"

브니즈가 황홀해했다.

모르간과 시메옹은 마주 보고 웃었다. 막내는 발타자르라는 이름과 혼동했지만, 낙타를 타고 오는 큰오빠를 떠올리는 건 썩 괜찮은 일이었다. 마법에 빠진 듯 침묵이 흘렀다. 그 순간 똑똑한 시메옹은 어쩌면 형이 동생들에게 조금도 관심이 없을 수 있다는 생각에 답답해졌다.


화요일 아침, 판사는 모를르방 형제들을 기다리고 있었지만 그리 환상을 품지는 않았다. 만나기 전에, 사회복지사와 함께 상황을 정리했다.

"조지안 모를르방 씨는 서른일곱 살입니다. 원래 조지안 퐁스예요. 그러다 다섯 살에 조르주 모를르방에게 입양되었죠. 그렇지만 이제는 모를르방이라고 불릴 이유가 없어요."

"왜죠?"

판사가 놀라며 물었다.

34

"삼 년 전 탕피에 씨와 결혼했어요. 병원 손님들이 헷갈릴까 봐 성을 바꾸지 않은 모양이에요."

결국, 안과 의사와 모를르방 아이들 사이에는 어떤 연결고리도 없다.

"안됐네요."

판사가 한숨을 쉬며 말했다.

"좋은 동네 의사라면 후견인으로 좋은 조건인데."

두 여성은 서로 미소를 주고받았다. 그들은 각자 모를르방 아이들을 진심으로 대하고 있었고, 덕분에 조금씩 가까워지고 있었다.

"바르텔레미 모를르방은 스물여섯 살밖에 안 됐어요."

베네딕트가 말을 이었다.

"만나 봤어요?"

"아뇨. 안과 의사도 아직 못 봤어요. 바르텔레미 모를르방이 그 아버지의 아들인 건 맞지만, 아버지를 기억도 못 해요."

"이복형 한 명."

젊은 남성에게 어린아이 셋을 책임지라고 강요할 수 있을까? 그가 거부한다면 법적 제재를 가할 수 있다고 협박해야 하나?

"조지안 모를르방 박사님이 오셨습니다."

비서가 문틈으로 말했다.

"네, 들어오세요!"

로랑스가 시계를 쳐다봤다. 이제 10시 50분밖에 안 됐다.

"그래, 그래. 드디어 부자 동네 의사 선생님이 나타나셨군."

판사가 중얼거렸다.

사회복지사는 의자에서 몸을 일으켰다. 얼굴에 호기심이 드러났다. 아이들의 상황이 너무나 절망적이어서 이제 조로를 기다리는 방법밖에는 없었다. 그들 앞에 나타난 조로는 회색 투피스에 결 좋은 스웨터를 입고 있었다.

"안녕하세요, 데샹 판사님이시죠? 오늘 아침에 나오라고 하셔서 아주 난처한 상황이 됐어요. 11시 정각에 연세 많으신 환자의 백내장 수술이 잡혀 있었는데, 이런 식으로 일정에 차질이 생기면 곤란합니다."

조지안 모를르방이 날카로운 말투로 쏟아 냈다. 보통이 아니었다. 그녀에게 이제 시작이라는 것을 알려 줄 필요가 있었다.

"곤란하셨다니 죄송합니다."

초콜릿이 먹고 싶어진 로랑스가 응수했다.

"고작 아버지에게 버림 받고 얼마 전 엄마까지 세상을 떠난 고 아들의 일일 뿐이죠."

"가르쳐 줘서 고마워요."

안과 의사가 비꼬며 앉았다.

"현실적으로 생각해 보죠. 아이들에게 조부모가 없나요?"

"아이들에게 가족은 두 분밖에 없어요."

"그애들은 우리 가족이 아니에요."

조지안이 말을 끊었다

"입양되었다고 해도 모를르방 형제잖아요."

"그런 식으로 하면 세상 사람 전부 다 가족이게요."

조지안이 또 빈정댔다.

"애들이 몇 살이죠?"

"열넷, 여덟, 다섯이요."

"다섯 살 아이는 남자아이인가요?"

"여자아이예요."

"여자아이라."

의사는 탐나는 물건을 구경하는 손님처럼 샐쭉거리며 말했다.

"귀엽게 생겼나요?"

"모르겠어요. 저도 본 적이 없어서요."

판사는 베네딕트와 분노 어린 눈길을 주고받았다. 두 여자는 안과 의사가 삼 년 전부터 아이를 가지려고 노력했지만, 세 차례 시험관 시술이 모두 실패로 끝나 지금껏 우울증에 시달려 왔다는 사실까지는 알 수 없었다. 혹시 예쁘고 영리한 다섯 살짜리 여자애라면 조지안이 데려다 직접 키울 수도 있지 않을까? 조지안은 아이를 입양하고 나서야 임신이 되었다는 이야기를 종종 들었다.

"물론 다른 애들은 안 돼요."

조지안은 그렇게 말하면서 모르간과 시메옹을 손등으로 몰아내는 시늉을 했다. 다른 아이들은 나이가 너무 많았다.

"남매들을 떼어 놓는 상황은 피하려고 해요."

사회복지사가 끼어들었다.

"한 세트인가 보죠? 당첨자가 꽤나 좋아하겠어요."

조지안이 비꼬는 투로 말했다.

노크 세 번에 대화가 끊겼다.

"아이들이 왔어요."

비서는 당연히 그래야 한다는 듯 동정 어린 표정이었다.

판사는 심장이 내려앉았다. 이제 곧 천재 소년을 보게 된다. 판사는 그동안 시메옹에 대해 많이 생각해 왔다. 그녀 역시 마음속으로는 다른 아이들과 시메옹을 갈라놓았던 것이다. 오빠가 두 여동생의 등을 떠밀며 사무실로 들어서자, 여자들은 한 덩어리가 들어오는 것 같다는 느낌을 받았다. 똘똘 뭉친 남매를 떼어 놓으려면 전기톱이라도 있어야 할 판이었다. 시메옹의 실물을 본 로랑스 판사는 '아!' 하는 실망 섞인 한탄을 참아야만 했다. 상상 속 미소년이 실제로는 동그란 안경 너머로 눈을 잔뜩 찌푸린 채 경계심을 내보이는 깡마른 소년이었다. 둘째 모르간은 '안경잡이'라는 별명에 걸맞게 들창코 위에 빨간 안경이 걸려 있었고 머리띠를 해서인지 커다란 귀가 도드라졌다.

"판사가 누구야?"

브니즈가 물었다.

브니즈 목소리에 세 어른들의 얼굴에 순식간에 미소가 번졌다.

"예뻐라!"

조지안이 감탄했다.

브니즈는 분명히 보드라운 캐시미어 니트를 입은 부인이 갖고 싶어 할 만한 여자아이다. 윤기 있는 금발에 별처럼 반짝이는 푸른 눈동자, 팔을 뻗어 품에 안고 '갖고 싶어!'라며 외치고 싶을 만큼 인형 같다. 하지만 조지안은 움직이지 않았다. 분위기를 감지한 시메옹이 막내의 어깨 위에 손을 올렸기 때문이다.

"내가 판사란다. 너희를 도와주려고 하는 거니까 걱정하지 마. 다들 편히 앉아."

판사는 곁눈질로 시메옹을 봤다. 소년은 의자 깊숙이 앉아 팔짱을 꼈다. 판사가 소개를 시작했다.

"사회복지사 베네딕트 오로 씨는 이미 알고 있지? 그리고 이분은 조지안 모를르방……."

"어떻게 여기 여자들은 다 예쁜 거야?"

막내가 놀라며 말했다.

예상치 못한 막내의 말에 세 여자들은 웃기 시작했다. 그 말이 마음에 들었다.


"조지안 모를르방 씨는 너희와 성이 같아."

판사가 여자아이들 쪽을 보며 말을 이었다.

"그렇지만 정확히 말해서 가족이라고 할 수는 없어. 그러니까
……."

판사가 머뭇거리자, 시메옹이 재빨리 마무리 지었다.

"우리 이복형의 이복 누나야."

판사는 여태껏 한 번도 그렇게 생각해 본 적이 없었다.

"맞아요. 그렇게 말할 수도 있겠군요. 시메옹 학생은 종합적인
사고력이 훌륭하네요."

자신을 존중해 주는 존댓말이 마음에 든 시메옹은 고마움에 고
개를 까딱였다.

"공부는 잘하고 있나요?"

판사가 시메옹에게 물었다.

"지난 물리 시험에서 20점 만점에 19점 받았어요. 성적이 문제
가 되지는 않는다고 생각해요."

판사의 질문에 답하고 나서 시메옹은 자신이 실수했다고 생각
했다. 잘난 척하는 것처럼 보였을 것이다. 그 대신, 가슴이 시키는
말을 소리쳐야 했다. '시험 점수 따위는 상관없어요. 빨리 바르텔

레미를 만나고 싶어요. 우리에게는 큰형이 필요해요.' 이런 생각이 떠오르자 안경 너머 시메옹의 눈이 뿌옇게 흐려졌다.

"바르텔레미 오빠는 어디 있어요?"

시메옹의 통역사 역할을 톡톡히 하는 모르간이 물었다.

"좀 늦는구나."

판사가 대답했다.

"낙타를 맬 데가 없나 봐."

시메옹이 중얼거리자, 동생들이 키득거렸다.

"걔가 여기 올 것 같니? 바르텔레미를 몰라서 그래. 그 앤 자기밖에 몰라. 게다가 그애는 호……."

조지안이 말하는 도중, 노크 소리와 함께 비서가 들어왔다.

"모를르방 씨 오셨어요."

감격에 찬 세 아이들이 벌떡 일어났다. 바르텔레미의 존재를 알게 된 이후 세 아이들은 그에 대한 생각뿐이었다. 브니즈는 벌써 그에게 줄 그림을 네 장이나 그렸다.

달려오느라 숨이 찬 바르텔레미가 숨을 몰아쉬며 들어왔다.

"판사님이 누구시죠?"

로랑스 판사와 베네딕트 사회복지사는 벌어진 입을 다물지 못했다. 동화 속에서 튀어나온 왕자님이잖아! 그러나 정신이 들자 몇 가지 거슬리는 점이 판사의 눈에 띄었다. 귀고리, 12월 중순임에도 잘 태운 피부, 탈색한 머리카락.

"내 그림 어디 있어? 빨리 줘, 우리 집 그림!"

브니즈가 칭얼거렸다.

시메옹은 예상과 다른 형의 모습에 당황하여 그림을 찾아 달라는 말이 들리지 않았다. 그가 상상했던 바르텔레미는 2미터의 장신에 '얘들아, 여기에서 시간 낭비하지 말고, 호주로 떠나는 거야!'라고 씩씩하게 말하는 듬직한 형이었다.

"나한테 뭘 원하는 건지 모르겠지만, 난 아무 잘못 없어요."

바르텔레미는 이상하리만치 힘이 빠진 말투로 이야기했다.

"오, 보이!* 조지안 누나도 왔어?"

그의 이복누나 조지안은 대꾸하지 않았다.

"모를르방 씨."

판사가 진지하게 말을 꺼냈다.

"여기 당신의 이복동생인 시메옹과 모르간, 브니즈 모를르방이 와 있어요."

"네? 뭐라고요? 이…… 이복…… 동생?"

바르텔레미는 말을 잇지 못했다.

마침내 브니즈가 그림을 들고 오빠 앞에 섰다.

---

* 오, 보이!(Oh, boy!)는 놀람과 감탄, 실망 등의 감정을 표현하는 영어 감탄사이다.

"집을 그린 거야. 오빠랑 우리가 같이 살 집. 이건 내 이층 침대고 이건 냉장고야."

"오, 보이!"

바르텔레미는 꼬마의 말을 잘 듣기 위해 앞으로 몸을 숙였다. 아이가 한마디 할 때마다 그는 겁에 질린 표정으로 중얼거렸다.

"오빠 이름으로 하트를 세 개 그렸어. 내가 조금, 많이, 미치도록 사랑한다는 뜻이야."

두 사람은 거의 코가 닿을 듯이 마주보았다. 브니즈는 대뜸 나쁜 사람과 착한 사람을 구분해 주는 기본적인 질문을 던졌다.

"볼뽀뽀 하는 거 좋아해?"

바르텔레미의 얼굴에 미소가 번지면서 양 볼에 보조개가 패였다. 브니즈는 큰오빠의 목에 팔을 두르고 보조개가 패인 곳에 뽀뽀했다. 판사라도 같은 자리에 했을 것이다. 시메옹은 막내가 본능에 따라 마땅히 해야 할 일을 하는 것이라고 생각했다. 하지만 질투심 때문에 갈비뼈 사이가 욱신거렸다. 앉아 있던 조지안은 귀여움에 몸서리쳤다. 이 귀여운 꼬마를 절대 바르텔레미에게 넘길 수 없지! 그건 상식과 윤리에 맞지 않는 일이다.

"앉으세요, 모를르방 씨."

판사가 말했다.

의자가 하나 부족했다.

"괜찮아요."

브니즈가 큰오빠의 무릎 위에 가서 앉자, 모두 부러워하며 남매를 바라보았다. 두 사람은 '어린 오누이' 같은 바보 같은 제목의 동화에서 막 튀어나온 듯 아름다웠다. 물론 유전적으로 모두가 운이 좋은 건 아니었다. '푸른 눈동자에 오뚝한 코'는 브니즈와 바르텔레미가, '갈색 눈동자에 들창코'는 모르간과 시메옹이 물려받았다.

"모를르방 씨, 여기 있는 당신의 이복동생들에게는 가족이 없어요. 아버지인 조르주 모를르방은 사라졌고 어머니 카트린 뒤푸르는 얼마 전 사망했습니다."

판사가 말했다.

"안타깝네요."

바르텔레미가 자신의 반응을 기다리는 판사에게 대답했다.

동화 속 왕자님의 반응이 무디다고 생각한 판사는 그를 다그치기로 했다.

"장남으로서 모를르방 아이들의 후견인이 되어 주셨으면 좋겠다고 생각했어요."

"저 애한테 그럴 만한 능력이 없다는 걸 잘 아시잖아요."

조지안이 짜증을 냈다.

"그거야 상황에 따라 다르죠."

바르텔레미가 기분 나쁘다는 듯 반박했다.

"그런데 그 후견인인지 머시기인지, 그게 뭐죠?"

판사는 '머시기'라는 말에 적잖이 화가 나서 민법의 내용을 쏟아 냈다.

"모를르방 씨, 후견인은 아이들의 양육을 책임져야 합니다. 공식적으로 아이들의 보호자가 되고 가장으로서 재산을 관리해야 하지요."

"정말 어처구니가 없네요."

조지안이 폭발했다.

"가장이라뇨! 바르텔레미는 호……."

"호남형이죠!"

판사는 조지안의 입을 다물게 하려고 고함을 치다시피 했다.

"하트도 세 개나 있고요."

모르간이 재치 있게 덧붙였다.

"내 말이 맞죠, 모를르방 씨?"

로랑스 판사가 물었다.

"네, 그렇지만 아직 잘 모르겠어요. 그 후견인인지 머시기가 뭔지 말이에요."

"오, 보이!"

시메옹이 천장을 올려다보며 조심스럽게 따라했다.

# 03
## 사랑받는 사람이 되기는 어렵다

　시메옹은 집단생활을 견디기가 어려웠다. 차라리 지옥에 떨어진다고 해도 지금과 별다르지 않을 것 같았다. 시메옹은 다른 아이들과 다르다는 이유로 이미 찍혀 있었다. 시메옹은 미니 축구에도, 음담패설에도 도통 관심이 없었다. 그는 여동생들 방에 틀어박혀 벽에 기댄 채 카펫 위에 앉아 있곤 했다. 다른 아이들은 대체로 시메옹을 '비실이'로 여겼다. 토끼이빨이 시메옹을 주도적으로 괴롭혔다. 일부러 '시몬'이라고 부르면서 '차 왔다, 시몬!'이라는 말을 달고 살았다. 토니는 시메옹의 가방을 뒤지다가 믿기 어렵고 참을 수 없는 진실을 발견했다. '열네 살에 고등학교 졸업반이라니, 저 비실이가 어떻게?' 토끼이빨은 시메옹의 철학 교과서에다 여자

누드 사진을 붙였다. 그리고 18점에서 20점 사이의 점수가 매겨진 시메옹의 모든 숙제를 꺼내 1점에서 5점 사이의 점수로 고쳐 쓰고 외설스러운 그림을 그려 넣었다.

이따금 밤 9시 15분에서 30분 사이, 시메옹은 양손으로 세면대를 붙잡고 서서 엄마와 주방 세제를 생각하며 머리끝부터 발끝까지 온몸이 떨릴 정도로 오열했다. 엄마마저 우리를 버렸다. 시메옹은 결코 그런 짓은 하지 않을 것이다. 그렇지만 아무것도 없는 세면대 앞에 서면 울음이 터지는 것을 참느라 피 맛이 느껴졌다.

"큰오빠에게 줄 그림을 또 그렸어."

막내는 판사 사무실에서 잠깐 보았던 큰오빠를 끔찍이 사랑했다. 하지만 시메옹은 큰형이 몹시 실망스러웠다.

"이게 다 바르텔레미 오빠에게 보내는 하트야!"

브니즈도 시메옹의 화를 돋웠다. 자신에게는 늘 하트가 두 개뿐이었는데? 시메옹은 쩨쩨해지고 있었다. 그날 아침에도 브니즈는 바르텔레미에게 분홍색 하트를 다섯 개나 그려 주었다. 시메옹은 심술궂은 표정으로 첫 번째 하트를 손가락으로 가리켰다.

"사랑해."

그러고는 옆의 하트를 하나씩 짚어 가며 말을 이었다.

"조금, 많이, 미치도록, 안 사랑해."

"내가 실수했어."

브니즈가 작은 손으로 마지막 하트를 가리며 소리쳤다.

"이미 틀렸어."

시메옹이 이죽거렸다.

브니즈는 잠시 사라졌다가 몇 분 뒤, 또 다른 그림을 가져왔다.

"이건 오빠 거야. 지옥에나 가라!"

시메옹은 갈퀴를 든 뿔난 악마 그림을 보며 서글프게 웃었다. 눈물이 솟구쳐 올랐다. 눈물의 소금기 때문에 눈이 불에 타는 듯 따가웠다. 그날 저녁, 시메옹은 베개 속에 악마를 넣고 잠에 들었다.

12월 27일, 베네딕트는 기분 좋은 소식을 가지고 폴리 메리쿠르 보육원에 왔다. 그리고 메리오 원장님의 사무실에 모인 세 아이 앞에서 말했다.

"바르텔레미가 진짜 크리스마스 선물을 보냈어. 너희들의 후견인이 되어 주기로 했단다."

그녀는 그 선물이 로랑스 판사가 바르텔레미를 집요하게 괴롭히고, 빌고, 애원하고, 협박한 끝에 얻어 낸 결과라는 건 말하지 않았다.

"좋은 소식이 또 하나 있어."

아이들이 활짝 웃는 모습에 가슴이 벅차오른 사회복지사가 말을 이었다.

"이번 일요일에 바르텔레미 씨의 집에 가게 될 거야!"

"나 짐 싸러 갈래."

브니즈가 환호했다.

사회복지사는 얼른 오해를 바로잡아야 했다. 일요일 하루만 초대받은 것이었기 때문이다.

"왜요?"

브니즈가 물었다.

베네딕트가 한참 말을 잇지 못하자 시메옹이 대신 대답했다.

"후견인이 되는 것과 같이 사는 건 달라. 같이 살려면 서로 잘맞나 알아봐야지. 일요일에 한번 알아보는 거야."

그는 사회복지사에게 눈짓을 했다.

"뭐, 그런 비슷한 거야."

당황한 사회복지사가 말했다.

사실 바르텔레미는 집에서 아이들과 함께 살겠다고 말한 적이 없다. 후견인은 할 수 있지만 떨어져 살고 싶다고 했다. 베네딕트는 여전히 모를르방 아이들을 함께 맡아 줄 수 있는 위탁 가정을 알아보고 있다.

1월 2일 일요일 아침, 대규모 작전이 시작되었다. 베네딕트는 바르텔레미를 위해 그린 서른두 장의 그림을 한 데 모았다.

"파우와우!"

시메옹의 제안에 여동생들이 모여서 양반다리를 하고 앉았다.

"폴리 메리쿠르 보육원에 남고 싶은 사람 있어? 손들어."

시메옹이 물었다.

"없어."

모르간이 말했다.

"바르텔레미 집에서 살고 싶은 사람?"

세 개의 손이 올라왔다.

"만장일치야."

시메옹이 결론지었다.

"그렇지만 문제가 있어, 얘들아. 바르텔레미는 우리와 함께 살고 싶어 하지 않아."

반박을 하려고 막내가 입을 열었다.

"아니야, 브니즈."

시메옹이 막았다. 그는 사회복지사가 난감해한 이유를 정확히 간파하고 있었다.

"그러니까 우리가 바르텔레미 형을 설득해야 해."

브니즈가 일어서려고 다리를 폈다.

"큰오빠에게 줄 그림을 한 장 더 그릴 거야."

막내의 순진함에 오빠, 언니가 미소 지었다.

"볼 뽀뽀를 해 주는 건 어떨까?"

브니즈가 다시 다리를 접으며 물었다.

"너라면 그 방법이 통하겠지만 우리는 아니야."

시메옹이 대답했다.

"왜?"

브니즈가 물었다.

"너는 작고 예쁘잖아."

"언니, 오빠는……."

"크고 못생겼지."

시메옹이 차분하게 말했다.

시메옹은 판사 사무실에 갔을 때, 브니즈 같은 아이라면 언제나 받아주고 사랑해 줄 사람들이 있다는 사실을 깨달았다. 그건 세 남매에게 위험한 일이기도 했다.

"다시 맹세하자."

시메옹이 제안했다.

"헤어지지 말자고?"

브니즈가 물었다.

"우리는 절대 헤어지기를 원하지 않는다고."

시메옹이 주먹을 앞으로 쥐어 보이며 말했다.

"모를르방이 아니면 죽음을!"

그때 문이 열렸다.

"얘들아, 준비됐니?"

베네딕트가 조금 과장스럽게 밝은 말투로 물었다.

"가자!"

시메옹이 '돌격!' 하는 듯이 속삭였다.


일요일 아침, 바르텔레미는 완전히 성벽 안에 포위된 듯한 느낌이 들었다. 세 아이들이라니. 오, 보이! 대체 아이들을 데리고 뭘 하지? 사회복지사는 프로그램을 짜 주었다. 당황해하는 그에게 메모를 적어 주기까지 했다. 바르는 사회복지사가 준 메모지를 찬찬히 읽어 보았다.

'10시 도착, 집안 둘러보기'

"집안 둘러보기."

바르가 괜히 거실을 한번 돌아보며 되새겼다.

그는 수상쩍어 보이는 잡지 한 권을 치웠다. 그리고 메모지를 계속 읽어 나갔다. '10시 30분, 오렌지에이드 제공. 자기소개. 11시 30분, 가장 가까운 맥도날드에 가기. 동네 구경시켜 주기.' 베네딕트는 오후에 〈내 친구 조〉라는 영화를 보러 가라고 추천해 주었다. 바르의 고역은 오후 6시 사회복지사가 아이들을 데리러 오는 것으로 끝이 날 것이다.

"색연필을 사 놓으세요. 막내가 그림 그리는 걸 좋아해요."

사회복지사는 이런 이야기도 해 주었다.

바르는 색연필을 세 종류나 사 놓았다. 스트레스를 받으면 항상 과소비를 하게 된다.

아침 9시, 전화벨이 울렸다. 바르텔레미는 손가락을 꼬며 전화를 받았다. 어쩌면 아이들 중 한 명이 감기에 걸렸을지도 모른다.

"오후에 머 해?"

바르텔레미는 할 말을 잃었다.

"여보세요? 바르?"

"그래, 나야. 레오, 새해라고 부모님 댁에 간다고 하지 않았어?"

"안 가려구. 그래서 머 해?"

"나? 오후에?"

바르는 베네딕트가 준 메모지를 떠올리며 초조해졌다.

"무슨 일 있어?"

레오가 의심스럽다는 듯이 물었다.

"아니야, 아니야."

바르텔레미가 그를 안심시켰다.

이제 질투심 많은 레오까지 더해졌다. 멍청한 사회복지사는 이런 상황은 예상하지 못했을 것이다.

"그럼 오후에 갈까?"

레오가 짐짓 진지한 목소리로 물었다.

"그래, 그렇게 해. 오후에 봐."

바르는 말을 더듬었다. 레오를 맥도날드와 영화 사이에 끼워 넣어야 한다. 그동안 아이들은 어디에서 뭘 해야 하지?

"진짜 미치겠네."

그가 전화를 끊으며 투덜거렸다.

원래 흥분을 잘하는 바르텔레미는 퓨즈가 끊기기 전에 동네를 한 바퀴 돌고 오기로 했다. 한 시간쯤 땀을 흘리고 나면 훨씬 나아질 것 같았다. 그가 1월의 추운 날씨에도 땀을 뻘뻘 흘리며 조깅을 하고 돌아오자 건물 앞에 이 모든 일의 원흉, 사회복지사 일행이 보였다. 대뜸 목에 뽀뽀를 날리는 금발 여자아이, 같이 다니면 나까지 부끄러워질 만큼 귀가 크고 침울한 아이, 내 속을 꿰뚫어 보고 있는 듯한 말라깽이 세 남매. 참으로 행복한 일이다.

"벌써 열 시가 됐나요?"

마치 초과근무를 강요당하기라도 한 것처럼 바르가 물었다.

"5분 전이에요."

베네딕트가 시계를 보며 말했다.

"이제 올라가려던 참이에요."

"뽀뽀!"

브니즈가 바르의 옷을 잡아당기며 말했다.

사회복지사는 즐거운 시간을 보내라며 자리를 떴지만, 속으로는 최악의 경우를 상상하고 있었다. 모를르방 아이들은 왜 이렇게 운이 없을까? 바르는 아이들을 신경 쓰지 않고 계단을 성큼성큼 올라갔다. 시메옹은 마지막 두 층을 남기고는 힘에 부쳐 난간을 붙들고 고개를 돌려 동생들을 뒤돌아봤다. 집에 들어선 아이들은 거실 한가운데 바짝 모여 서 있었다. 그 모습이 가여워서 바르의 마음도 누그러졌다.

"샤워하고 올게. 편하게 둘러보고 있어."

그는 방으로 들어가서 땀에 젖은 옷을 벗었다.

"여기가 오빠 방이야?"

조그만 목소리가 들렸다.

소스라치게 놀란 바르는 소리를 지르며 재빨리 베개로 앞을 가렸다.

"아니…… 여기는 왜 들어왔어?"

"오빠가 둘러보라고 했잖아."

브니즈가 말했다. 그러고는 다 알겠다는 듯이 부드러운 미소를 지었다.

"오빠 고추 있어?"

바르의 얼굴이 붉게 달아올랐다.

"남자니까…… 있지. 참 대단한 아이네. 휘이! 자, 이제 나가자."

성가신 동물을 내모는 듯한 큰오빠의 행동에 브니즈는 웃음을 터뜨렸다. 그러고는 큰오빠에게 꼭 알려 주고 싶은 것이 있는 듯이 속삭였다.

"나는 짬지가 있어."

이번에는 시메옹이 방으로 들어왔다.

"너 여기 있었어?"

그는 벌거벗은 바르를 못 본 척하며 브니즈에게 말했다.

"다들 어딨어?"

모르간이 복도에서 불렀다.

"여기!"

시메옹과 브니즈가 대답했다.

모르간은 방에 들어와서 팬티 대신 베개로 앞을 가리고 있는 바르를 보았다.

"여기가 오빠 방이야? 엄청 예쁘다. 우리는, 우리 방은 작고 별로야."

바르텔레미는 앞을 겨우 가린 채로 침대 위에 주저앉았다.

"나가자, 방해하지 말고."

뒤늦게 알아차린 시메옹이 말했다.


바르텔레미가 샤워를 하고 기분 좋게 거실로 나왔을 때 모를르 방 아이들은 이미 자리를 잡고 앉아 있었다. 브니즈는 바비 인형

시리즈를 펼쳐 놓고 동화책에서 본 듯한 말투로 혼잣말을 하고 있었다.

"셜리가 병을 따고 혼자 샴페인을 마셨다. 그래서 화가 난 바비는, '와인을 누가 다 마셨지?' 하고 말했다."

"난 아니야."

바르가 셜리의 하이톤 목소리를 흉내 내며 말했다.

"오빠도 같이 놀래?"

"아니."

바르텔레미는 곧장 거절했다. 그렇지만 막내 옆에 웅크리고 앉아 몸에 딱 달라붙은 보디수트 차림의 바비 인형을 하나 들고 중얼거렸다.

"얘는 가슴에 에어백을 달고 다니네."

브니즈가 바비 인형의 가슴을 누르자 '뿅뿅' 소리가 났다. 큰오빠와 막내 여동생은 웃음을 터뜨렸다. 둘은 잘 맞는 것 같았다. 시메옹이 등 뒤에서 목을 가다듬자 바르가 뒤돌아보았다. 모를르방 남매는 소파에 앉아 책을 읽고 있었다. 모르간은 『초원의 집』을, 시메옹은 『사회계약론』을 읽고 있었다.

"둘 다 천재야? 아니면 시메옹만?"

바르가 물었다.

"나는 한 학년 월반했어. 거의 다 일등이야."

모르간이 대답했다.

"체육만 빼고."

브니즈가 친절하게 거들었다.

"운동은 바보들이나 하는 거야."

시메옹이 동생을 두둔했다.

"나는 운동 많이 하는데."

바르가 떠보는 듯이 물었다.

"그럼 큰오빠는 바보네!"

브니즈가 웃음을 터뜨렸다.

"그래, 맘껏 비웃어라. 근데 너희 이 집에서 두 명씩 짝인 거 알고 있지? 모르간과 시메옹은 똑똑하지만 못생겼고, 우리 둘은 바보지만……"

"예뻐."

브니즈가 악의 없이 결론을 내렸다.

모르간은 순간 샤를 페로의 동화『고수머리 리케』를 떠올렸다.

"리케는 못생겼지만 똑똑하고, 공주는 예쁘지만 멍청해."

"그래서 어떻게 돼?"

바르텔레미가 물었다.

"둘이 결혼해서 아이도 많이 낳고 행복하게 살았대요."

브니즈가 책 읽듯이 말했다.

"오, 보이! 둘 다 바보가 되었군."

바르가 안타까워하며 말했다.

모를르방 아이들이 모두 웃음을 터뜨렸다. 바르는 휘파람을 불면서 오렌지에이드를 가지러 갔다. 왜 이렇게 기분이 좋은 걸까? 세 아이가 거실에 편히 앉아 있는 걸 본 순간부터였다. 그는 모를르방의 장남이었고 그건 꽤 근사한 일이었다.

"무슨 영화 보고 싶어?"

협탁에 음료수 잔을 내려놓으며 바르가 물었다.

"'내 친구 조'라는 영화가……."

레오가 떠오른 그는 하던 말을 멈추었다. 곧 레오가 도착할 것이다.

"시메옹, 너랑 나랑 남자 대 남자로 할 말이 있어."

바르는 동생에게 따라오라는 신호를 보냈다. 둘은 주방으로 갔다. 이상하게 피곤함이 느껴지는 시메옹은 싱크대에 몸을 기댔다.

"조금 있으면 내 친구가 올 거야."

그는 동생의 폴로셔츠 깃을 반듯하게 펴 주면서 말했다.

"이해하지? 남자친구 말이야, 애인."

시메옹은 주방 타일의 흠집 난 곳을 뚫어지게 바라보았다.

"문제는 레오가 엄청나게 소유욕이 강하다는 거야. 내가 자주 신는 운동화까지 질투하는 녀석이거든."

시메옹은 눈을 들어 천장을 바라보며 한숨을 쉬었다. 바르는 여전히 동생의 셔츠 깃을 펴 주려고 애쓰고 있었다.

"내가 후견인이 되었다고 하면 분명히 좋아하지 않을 거야. 그러니까 너희를 이웃집 아이들이라고 하면 어떨까? 윗집 아이들이라고 말이야. 윗집 여자를 아는데, 남편에게 맞고 사는 가엾은 여자야."

바르는 딱하다는 듯 잠시 멋쩍은 미소를 지었다.

"그 여자가 나한테 너희를 맡기고 병원에 갔다고 말해도 되지?"

"오늘은 일요일이야."

시메옹이 형의 손을 밀치며 말했다.

"아! 일요일에는 병원이 안 여는구나. 역시 천재라 좋네. 그럼 열쇠가 없어서 너희들이 문 앞에서 기다리고 있었던 걸로 하자. 그래서 엄마가 비상 열쇠를 가지러 멀리 있는 친정집에 갔다고. 근데 이 폴로셔츠, 진짜 문제 있다. 깃이 자꾸 올라와."

"진짜 내 폴로셔츠가 문제인 거 맞아?"

시메옹이 볼멘소리로 말했다.

두 형제의 눈빛이 강렬하게 맞섰다.

"나는 나름대로 노력하고 있어. 너도 그렇고. 안 그래?"

바르텔레미가 자제하며 말했다.

시메옹의 입술이 떨렸다. 그는 입술을 깨물었다.

"애들에게 말할게."

시메옹이 한 발짝 물러나며 말했다.

"말하다니, 뭘?"

바르가 동생의 폴로셔츠를 붙잡으며 물었다.

"너희는 윗집 딸이라고."

시메옹이 씁쓸한 미소를 지으며 말했다.

그때부터는 오렌지에이드, 버거, 아이스크림 맛이 전혀 느껴지지 않았다. 모두 피 맛이 났다.


커피 한 잔 하자며 집에 온 레오는 거실에 있는 아이들을 보고 뒷걸음질을 쳤다.

"이게 다 뭐야?"

"위층 애들이야."

바르가 서둘러 대답했다.

브니즈는 자신이 오빠 말을 잘 이해했다는 걸 보여 주고 싶었다.

"위층 집에서 열쇠를 잃어버려서, 그래서 바르네 집에 아이들을 맡긴 거예요. 나중에 열쇠를 찾아서 아이들을 데리러 올 거예요."

"커피 줄까, 레오?"

바르가 아무렇지 않은 듯 말을 이어 받았다.

"그럼 오후 내내 애 보라는 거?"

레오가 기분 나쁜 얼굴로 시메옹을 흘겨보았다.

"여섯 시까지만."

바르가 대답했다.

"미쳤구먼, 이 아줌마. 근데 넌 원래 이런 거 잘 안 받아 주지 않나?"

그때 문소리가 들렸다. 두 청년은 서로를 바라보았다.

"그래도 일찍 왔네."

레오가 웅얼거렸다.

"그럴 리가 없는데."

바르가 혼잣말을 했다.

브니즈가 문으로 달려갔다. 계단참에 이마에 손을 얹은 여자가 서 있었다.

"안녕, 꼬마야!"

그녀는 누가 들을까 걱정하며 낮은 목소리로 말했다.

"혹시 모를르방 씨 집에 있니? 난 윗집에 사는 이웃인데……."

현실과 상상이 뒤섞인 브니즈가 물었다.

"열쇠 찾았어?"

이웃집 여자가 놀란 기색을 했다. 깜짝 놀란 듯이 이마에서 손을 내렸다.

"그렇지 않아도 그 이야기를 하러 온 거야. 남편이 집 문을 잠갔는데 나는 열쇠가 없거든."

"열쇠는 친정 엄마 집에 있잖아."

브니즈가 일러 주었다.

"나는 엄마가 없는데."

여자가 당황하며 중얼거렸다.

"나도 없는데!"

공통점이 생겨서 기분 좋아진 브니즈가 환하게 웃으며 물었다.

"그런데 이마는 왜 그래?"

여자는 대답 대신 다시 물었다.

"모를르방 씨를 만나고 싶은데 안에 계시니?"

중요한 메시지라는 생각이 든 브니즈는 거실 문을 활짝 열고 소리쳤다.

"윗집 엄마야. 아직 열쇠를 못 찾았대."

"애들이나 빨리 데려가라고 해. 열쇠를 잘 간수했어야지."

레오가 말했다.

영문을 알 수 없다는 듯이 모르간과 시메옹은 위층 여자를 바라보았다 .

"오, 보이!"

바르는 머리에 쥐가 날 지경이었다.

"미안해요, 모를르방 씨. 집에 손님이 있는 줄 몰랐어요."

가엾은 여인은 어쩔 줄 몰라 했다.

시메옹이 어떻게 반응할지 결정하는 데 삼 초가 걸렸다. 일 초, 이 초……

"엄마! 어떻게 된 거야? 또 레인지 후드에 부딪혔어? 이리 와서 얼음찜질 좀 해."

그는 이웃집 여자의 팔꿈치를 붙들고 거실을 빠져나왔다. 여자는 순순히 주방으로 그를 따라갔다.

"좀 황당한 이야기지만 들어 보세요. 바르텔레미가 우리가 아주머니 아이들이라고 애인에게 바보 같은 거짓말을 했어요."

시메옹은 단 몇 마디 문장으로 분명하게 상황을 정리하고 여자를 안심시켰다.

"이마는 왜 다치신 거예요?"

시메옹이 그제야 물었다.

"아, 아무것도 아니에요. 그냥 부딪혔어요."

"가스레인지 후드에요? 아, 그건 내가 지어낸 말이고요."

위층 여자는 낯선 소년을 바라보았다. 동그란 안경 너머로 연민의 눈길이 느껴지자 결국 손으로 얼굴을 가리고 눈물을 흘리기 시작했다.

"울지 마세요."

눈물을 참으며 시메옹이 나지막이 말했다. 시메옹의 엄마도 아들이 보고 있는 줄 모르고 흐느껴 울고는 했다.

"집에서 쫓겨났어요. 꺼지라고, 집에서 나가래요. 어디로 가야 할지 모르겠어요."

"경찰서로 가세요."

"안 돼요, 그럼 날 죽이려 들 거예요."

여자는 손으로 눈물을 훔쳤다.

"아직 어린 것 같은데, 신경 쓰지 말아요."

"성함이 어떻게 되세요?"

"에메."

시메옹은 자기도 모르게 미소를 지었다.

"알아요. 웃기는 이름이죠. '사랑 받는 여자'라니."

그녀가 훌쩍이며 말했다.

"저는 시메옹이라고 해요. 경찰서에 같이 가 드릴까요?"

에메는 이 놀라운 소년의 얼굴을 빤히 보았다.

"아니에요. 내가 알아서 할게요."

에메가 단호히 거절했다. 하지만 시메옹이 얼굴을 찌푸리는 것을 보고 그의 어깨에 손을 올리며 말했다.

"걱정하지 말아요. 싸운 게 처음도 아닌데요. 잘 해결될 거예요."

시메옹은 여자에게 이렇게 애걸이라도 하고 싶었다. '변기 세제는 마시지 마세요.' 그렇지만 그저 힘없이 고개만 끄덕거릴 뿐이었다.

"에메 아주머니, 부탁 하나만 해도 될까요?"

시메옹이 어렵게 말을 꺼냈다.

"엄마인 척하고 우리를 데리고 나가 주실 수 있나요? 바르 형이 곤란한 상황이라서요."

잠시 후에 에메는 이마에 주방 장갑을 대고 거실에 나타나 미소를 띠며 말했다.

"이제 좀 낫네. 후드를 바꾸든가 해야지. 실례했어요, 모를르방 씨."

"열쇠는?"

이 이야기의 결말이 궁금한 브니즈가 물었다.

"아, 너는 못 들었구나. 엄마가 코트 안주머니에서 찾았대."

시메옹이 이야기하자 아무도 별다른 반응을 보이지 않았다.

"이제 가자, 얘들아!"

"어디로?"

동생들이 한목소리로 물었다.

"영화 보러!"

시메옹이 눈을 크게 뜨며 대답했다.

모르간은 에메를 돌아보며 자연스럽게 소리쳤다.

"엄마가 최고야!"

시메옹은 동생이 자랑스러웠다.

모를르방 아이들은 정말 영화관에 갔다. 시메옹은 마르크스 형제들의 오래된 영화를 골랐다. 모르간은 영화 상영 내내 어린 동생에게 자막을 읽어 주어 다른 관객들을 흐뭇하게 했다. 아이들이 바르텔레미의 집에 돌아왔을 때는 벌써 저녁 6시가 가까웠고, 레오는 이미 가고 없었다. 주방에서 바르는 다시 남동생의 폴로셔츠를 붙잡았다.

"오늘 오후에 있었던 일은 사회복지사에게 말하지 말아 줘. 그 여자는 입이 싸서 판사에게 전부 다 전할 거야. 내가 알아. 친절해 보이지만 사실은 장난 아닐걸. 판사가 알면 뭐라고 할 거야."

어린애 같은 형의 말에 시메옹은 말문이 막혔다.

그때 바르가 펄쩍 뛰며 소리쳤다.

"너 왜 그래?"

시메옹이 갑자기 코피를 흘리기 시작한 것이다.

"오, 보이! 나는 피 못 봐. 기절할 것 같아."

바르가 벽에 달라붙으며 말했다.

시메옹은 피를 멈추게 하려고 주머니에서 손수건을 꺼내 코를 지그시 눌렀다. 창피했다. 언젠가부터 종종 있는 일이었다. 언젠가부터……

"다 됐어?"

얼마 후 바르가 다 죽어 가는 목소리로 물었다.

"미안해."

"아니, 내가 미안하지."

바르가 대답했다. 그러고는 머뭇거리며 시메옹의 옷깃을 마지막으로 펴 주었다. 그제야 형은 동생이 신체적으로 약하다는 사실을 알아챘다.

"너 혹시 무슨 문제 있는 거 아니야?"

바르가 웅얼거리며 물었다.

"아니. 이상한 건 형이야."

## 04
## 위태로운 형제

브니즈의 모습이 떨쳐지지 않았다. 그 애는 판사 사무실에 들어와 바르텔레미의 목에 팔을 두르고 뽀뽀했다. 매번 같은 장면이 떠올랐고, 그때마다 똑같은 고통을 느꼈다. 그 아이는 조지안에게 허락되지 않은 것이었다. 그러나 뱃속 깊은 곳에서부터 그 아이를 원하고 있었다.

"후견인에 대해 어떻게 결정하셨어요?"

그녀가 로랑스 판사에게 떨리는 목소리로 물었다.

조지안 모를르방은 돌아오는 목요일인 1월 20일에 판사와 약속을 잡았다. 같은 사무실, 같은 장소였다. 그렇지만 그녀는 전과 같지 않다.

"우선은 바르텔레미에게 후견인을 제안했어요. 아마 수락할 것 같아요."

로랑스가 대답했다.

'그 애를 바르텔레미라고 불렀어.'

조지안은 바로 알아챘다. 날카로운 질투심이 그의 마음을 할퀴었다. 왜 사람들은 바르텔레미를 좋아할까?

"그게 최선이라고 생각하세요?"

조지안이 떨리는 목소리로 물었다.

"다른 선택지가 없다는 게 문제죠."

로랑스가 인정했다.

"만약 제가 받아들인다면요?"

판사의 눈썹이 치켜 올라갔다. 부유한 동네에 사는 안과 의사가 마음을 바꾼 모양이다. 이젠 모를르방 아이들의 후견인이 넘쳐날 판이다. 하지만 판사는 조지안이 브니즈에게만 관심을 보였던 것을 기억하고 있었다.

"남매들을 떼어 놓을 수는 없어요. 저번에 보셨다시피 아이들은 하나가 되어 서로 의지하고 있어요."

"그래서 감동을 받았어요."

조지안은 거짓말을 했다.

"처음에는 막내에게 끌린 게 사실이지만……."

바르텔레미의 무릎에 앉아 있던 브니즈의 모습이 떠올라 가슴이 아렸다.

"참 솔직한 아이예요. 그렇지만 다른 두 아이들도 정말이지……."

조지안은 애써 칭찬할 점을 떠올려 보았다. 그녀는 두 아이들이 우스꽝스럽다고 생각했다.

"정말 재미있죠."

조지안이 확신에 차서 말했다.

"시메옹은 천재예요."

판사는 그 사실이 자신과 무슨 관계라도 있는 양 자랑스럽게 말했다.

"교장 선생님을 만났는데 시메옹이 최고 성적으로 대학입학자격시험에 합격할 거라고 확신하더라고요. 겨우 열네 살인데 말이에요!"

"굉장하네요."

조지안이 감탄했다. 그녀는 판사가 아이의 지적 능력에 매료된 것을 간파했다.

"동생은요?"

"모르간이요? 그 애는 좀 신경 쓰이는 편이래요. 선생님이 실수하는 걸 지적해서."

조지안 모를르방이 웃음을 터뜨렸다. 그녀는 누그러진 분위기를 틈타 승부수를 던지기로 했다. 여자들끼리만 할 수 있는 이야기를 해야겠다.

"판사님, 고백할 게 있어요. 제가 이 아이들을 만난 건 하늘의 뜻인 것 같아요. 삼 년 전부터 우리는, 그러니까 저랑 제 남편은 아이를 가지려고 노력하고 있었어요. 시험관 아기도 시도했지만 안타깝게도……."

로랑스는 눈을 내리깔고 서류를 바라보았다. 초콜릿을 계속 먹는다고 해서 자신이 불임이 될 위험성은 없을 것이다.

"저 서른일곱이에요. 시간이 참 빠르네요."

조지안이 말을 이어갔다.

로랑스는 서른다섯 살이다.

"잘 알겠어요. 그렇지만 바르가 모를르방 아이들에게 가장 가까운 친족이에요."

'바르. 바르라고 불렀어!'

조지안은 초조해졌다. 왜 사람들은 자신보다 남동생을 더 좋아할까? 아주 어릴 적, 바르텔레미가 엄마 품에 처음 안길 때부터 늘 그랬다. 엄마도, 다른 사람들도 모두 조지안보다 바르텔레미를 더 좋아했다.

"그렇지만 바르텔레미가 어떤 사람인지 잘 아시잖아요?"

분노에 자제력을 잃은 의사가 니트 카디건을 던져 버리고 솔직

72

하게 이야기했다.

"말하자면 그 아이는 나이트클럽에서 남자들을 '정복'하는 게 취미인 호모라고요. 그런 애가 아이들에게 모범이 될 수 있다고 생각하세요?"

로랑스의 마음은 오히려 더 완강해졌다. 누구도 자신에게 어떤 결정을 내리라고 강요할 수 없다.

"선생님, 저는 모를르방 아이들만 생각하고 행동합니다. 그 외에 다른 건 아무것도 고려할 수 없어요."

판사는 차갑게 응수했다.

"그럼 바르텔레미가 미성년 아이들에게 위험한 존재가 아닐지 잘 생각해 보세요."

바르텔레미를 험담한 것은 명백한 악수였다.

"분명히 말씀드렸어요. 저도 아이들만 생각하고 행동할 거예요."

조지안이 마무리했다.

조지안이 떠나자 로랑스는 초콜릿 생각이 간절해졌다.


실패다. 판사에게 반감만 사고 말았다. 이제 남은 건 사회복지사뿐이다.

"지난번에 뵈었을 때는 저를 안 좋게 보셨을 거예요."

조지안은 베네딕트 앞에 앉자마자 말을 꺼냈다. 그들은 파리 11

구에 있는 편안한 분위기의 한 식당에서 만났다.

"제가 호감을 사는 타입이 아니라는 걸 잘 알아요. 그땐 갑작스럽게 잘 알지도 못하는 사람 앞에서 강요당하는 기분이라 그랬어요. 저는 아주 독립적인 편이거든요."

베네딕트는 고개를 끄덕였다. 그녀도 그랬으니까.

"하지만 무심한 사람은 아니에요. 모를르방 아이들이 겪고 있는 이 비극에 마음이 많이 쓰여요. 저도 그 아이들에게 무언가 도움이 되고 싶어요."

베네딕트는 걸려들었다. 천성적으로 여리고 긍정적인 그녀는 조지안에게 활짝 미소를 지어 보였다.

"그러잖아도 가족위원회를 구성할 수 있도록 호의적인 사람들이 필요하던 참이었어요. 그렇지만 모를르방 남매의 어머니는 집에만 계셨기 때문에, 현재 막내 브니즈의 베이비시터 한 분밖에 구성원을 모으지 못했어요. 그런데 그분이 프랑스어를 잘 읽고 쓸 줄 몰라서……."

조지안은 아주 흥미롭다는 표정을 해 보였다. 그러나 사실 전혀 듣고 있지 않았다.

"바르텔레미 같은 사람을 아이들의 후견인으로 세운다는 게 조금 이상하지 않으세요?"

조지안이 물었다.

"네? 무슨 말씀이신지 알 것 같아요."

베네딕트가 말했다.

사회복지사는 판사에게 후견인 지정에 대한 이야기는 꺼낼 엄두조차 내지 못하고 있었다. 이번에도 역시 보편적인 이야기를 하며 적당히 넘어가려고 했다.

"아시잖아요, 사회는 변하고 있고 많은 것들이 달라졌어요. PACS (프랑스의 시민연대계약 제도)처럼 동성애자 커플에게도 아이들을 입양할 수 있는 권리가 주어질 거예요."

"저도 그렇게 생각해요. 바르의 사생활도 그와 관련이 있지요."

조지안이 덧붙였다.

베네딕트는 기뻐하며 "맞아요, 맞아요."하고 맞장구를 쳤다. 관용과 남들과 다를 수 있는 권리는 그녀의 신조였다. 그래서 이어진 조지안의 결론에 당황할 수밖에 없었다.

"문제는 바르텔레미가 이상한 나이트클럽에서 남자들을 꼬시고 누구인지도 잘 모르는 사람들을 집에 데려온다는 거예요. 그럼 아이들이 어떤 영향을 받겠어요? 그 어린 브니즈는요?"

이번에 베네딕트는 '아니에요, 아니에요'를 연발했다.

"안심하세요. 바르는 지극히 정상적으로 행동하고 있어요. 일요일에 아이들을 영화관에 데려가서 '내 친구 조'를 보여 주기도 했어요. 아이들과 아주 잘 지냈어요."

'바르라고 불렀어!'

조지안은 화가 났지만 자제력을 잃지 않고 걱정스러운 표정을 지었다.

"베네딕트가 맞게 본 것이기를 바라요."

조지안은 한숨을 쉬었다.

"전 사회복지사 일이 이렇게 어려운 줄 몰랐어요. 아이들에게 무슨 일이라도 생기면 도덕적으로 책임감을 느끼겠어요."

조지안은 위로하는 듯한 말을 건네며 커피 값을 내고 주말에 브니즈를 초대하고 싶다는 말을 꺼냈다.

"도빌 해변에 별장이 있는데, 바람을 쐬면 어린아이에게 도움이 될 거예요."

혼란스러워하던 베네딕트는 브니즈에게 말해 보겠다고 약속했다.


모를르방 아이들은 형제에게 닥친 위험을 감지조차 하지 못하고 있었다. 단지 브니즈가 머지않아 조지안의 집에 초대받게 될 것이라는 말만 전해 들었다. 그다음 토요일, 보육원의 메리오 원장은 바르텔레미의 전화를 받았다. 브니즈가 집에 놓고 간 바비 인형과 시메옹의 책 『사회계약설』을 가져다주겠다는 용건이었다.

"뽀뽀!"

브니즈는 여배우처럼 천장을 향해 높이 팔을 들어올리며 큰오빠를 맞았다. 세 아이들은 조용하게 큰오빠를 맞이하기 위해 자매들의 방에 모여 있었다.

"모를르방 아지트 꽤 좋네."

바르가 농담을 건넸다.

"자, 천재 소년, 네 책 가져왔어."

늘 그렇듯이 시메옹은 벽에 기댄 채 카펫에 앉아 책을 받으려 팔을 뻗었다. 바르텔레미는 침대 위, 인형들 사이에 자리를 잡았다. 다른 침대에서는 모르간이 양반다리로 앉아 숙제를 하고 있었고, 브니즈는 창가에 인형 다섯 개를 나란히 재워 놓았다.

"바보야, 네 바비 인형 가져왔어."

바르가 브니즈에게 인형을 흔들며 말했다.

"고마워!"

막내가 재빨리 인형을 낚아채며 말했다.

"얘는 혼자인 다른 바비와 사랑하게 될 거야."

"오, 보이!"

바비 아가씨들이 둘씩 짝지어 있는 걸 알아챈 바르텔레미가 감탄했다.

"여자들끼리도 괜찮아?"

"켄이 없어."

브니즈가 변명했다.

"누이에 대해 어떻게 생각해?"

시메옹이 바르에게 물었다.

바르는 보조개가 보이는 매력적인 미소를 지어 보였다. 그는 브니즈가 아주 마음에 들었다.

"쿨하지."

"조지안 말이야."

시메옹이 콕 짚어 물었다.

"쿨하지 않지."

바르가 바로잡았다.

"브니즈를 도빌에 있는 별장으로 초대하고 싶대."

"그건 핫하네."

바르가 얼굴을 찌푸렸다.

"조금 진지하게 말해 줄 수 없어?"

시메옹이 야단치듯 말했다.

"네, 형님! 조지안은 크리스마스 때 남편을 달라고 했다가 평면 텔레비전을 달라고 했고 도빌에 있는 빌라를 달라고 했어. 그리고 금발 머리 소녀도 갖고 싶어 했지. 그런데 산타 할아버지가 리스트를 끝까지는 못 본 모양이야."

조지안이 남동생을 그토록 싫어하는 이유를 시메옹도 어느 정도 알 것 같았다.

"브니즈를 유괴할 거야."

바르도 이번에는 바보 같지 않았다.

"유괴가 뭐야?"

브니즈의 물음에 모르간이 책을 보던 얼굴을 들어 설명했다.

"아이들을 잡아다 가둔다는 뜻이야."

"나 도빌에 안 갈래!"

브니즈가 비명을 질렀다.

시메옹은 자신이 직접 수습해야 할 필요성을 느꼈다.

"파우와우!"

순식간에 세 아이들이 이불을 어깨에 둘러쓰고 카펫 위에 모여 앉았다.

"지금 뭐 하는 거야?"

바르의 질문에 모르간이 대답했다.

"우리는 이런 식으로 결정을 내려."

"엄청나네. 나도 껴도 돼?"

"좋아. 하지만 바보는 맨 마지막에 발언할 수 있어."

"알려 줘서 고마워."

바르가 침대에서 내려와 카펫에 앉으며 말했다.

시메옹이 사실관계를 되짚었다.

"조지안 모를르방은 우리 아버지 딸로 인정받았어."

"어디에서 인정받아?"

브니즈가 놀라서 물었다.

"전에도 무슨 뜻인지 설명해 줬잖아."

시메옹과 모르간이 동시에 짜증을 냈다. 브니즈는 자신의 실수를 깨닫고 얼른 두 손으로 입을 막았다.

"쯧쯧, 이 정도로 멍청하다니."

바르가 낮은 소리로 탄식했다.

"오빠!"

브니즈가 바르에게 입을 다물라는 신호를 보냈다.

"그러니까 조지안은 우리 아버지에게 입양된 우리의 이복형제야."

시메옹이 말을 계속했다.

"그러니까 브니즈를 유괴할 리 없어. 바보 같은 짓이거든."

"멍청한 짓이지."

모르간이 오빠 말을 강조했다.

"브니즈만 초대하고 우리는 빼놓은 것도 마음에 안 들어."

이때 바르가 학교에서처럼 손을 들었다.

"조지안은 속물이야. 코끼리 덤보처럼 귀가 크고 돼지처럼 들창코인 너희들하고는 도빌 해변을 산책하고 싶어 하지 않을걸?"

"형도 우리를 부끄러워하지 않았다면 우리를 이웃집 여자에게
넘기는 일이 없었겠지. 속물은 형이야."

시메옹이 반박했다. 두 형제는 지난번처럼 또 눈빛으로 맞섰다.

"오빠, 큰오빠한테 뭐라고 하지 마! 그럼 악마 그려 줄 거야!"

브니즈가 훌쩍이며 말했다.

"그래. 저 녀석을 악마로 그려 줘."

바르텔레미가 유치하게 거들었다.

브니즈는 당장 큰오빠 말을 따를 것처럼 일어섰다. 시메옹은 끔
찍하게도 울고 싶어졌다. 울음을 참으려 주먹을 꽉 쥐었다.

"아니야! 농담한 거야."

바르가 브니즈를 붙잡았다. 그러고는 시메옹의 어깨를 두드렸다.

"그러지 마. 농담 좀 할 수 있잖아?"

대답 대신 가슴 한복판에 시메옹의 주먹이 날아들었다. 형보다
시메옹이 더 아팠지만 바르는 고통스럽다는 듯이 허리를 숙였다.
그러자 놀란 브니즈가 시메옹을 때리기 시작했다. 모르간은 울음
을 터뜨렸다.

"미안해, 정말 미안해."

거듭 사과하는 목소리가 들렸다.

어느새 판사가 방에 들어와 있었다. 시메옹은 몸을 일으켜 벽에
기댔다. 바르텔레미는 브니즈가 시메옹에게 더 이상 발길질을 하

지 못하도록 붙잡았다. 모르간은 여전히 소리 내어 울고 있었다.

"어디 아프니?"

판사가 걱정하며 물었다.

"더…… 더…….'"

모르간이 딸꾹질을 했다.

"조용히 해!"

시메옹이 속삭였다.

"덤보 귀라고 했어요."

모르간이 울먹이며 중얼거렸다.

"시메옹 오빠가 바르 오빠를 때렸어요."

브니즈가 일렀다.

"바르가…… 바르가…… 나빴어요!"

모르간이 울며 말했다.

판사가 장남인 바르텔레미를 보며 물었다.

"무슨 일인지 설명 좀 해 줄래요, 모를르방 씨?"

바르텔레미는 꾸중을 듣는 아이처럼 등 뒤로 뒷짐을 지고서 당황스러운 몸짓을 하고 있었다. 시메옹은 이 상황에서 그를 꺼내 주어야겠다고 생각했다.

"별일 아니에요. 모르간과 제가 싸우는데, 바르 형이 말려서 한 대 쳤어요."

모를르방 남매는 침묵으로 시메옹의 거짓말을 인정해 주었다.

"잘한 행동은 아니군요."

로랑스는 '천재들은 운명적으로 성격이 특이할 수밖에 없다'고 생각하며 부드럽게 나무랐다.

"바르텔레미 씨가 여기 있으니 잘됐네요. 긴히 할 이야기가 있어요. 시메옹 군에게도요."

판사의 호칭이 '모를르방 씨'에서 다시 '바르텔레미'로 바뀌었다. 사태가 원상복귀된 것이다. 바르는 로랑스에게 윙크를 보냈지만 그녀는 못 본 척했다.

"이리 와요, 시메옹 군."

세 사람은 원장실로 갔다.

"시메옹 군, 나는 여러분의 후견인 후보가 두 명이라는 사실을 알려 주려고 왔어요. 많아서 나쁠 건 없죠."

판사는 두 형제가 팔짱을 끼고 눈썹을 찌푸린 똑같은 모습으로 궁금해하고 있는 걸 바라보며 미소를 지었다.

"이게 무슨 난리죠? 다른 후견인이 누군데요?"

바르가 탄식했다.

"누나분이요."

"말도 안 돼! 늘 이런 식이야. 어릴 때부터 늘 그랬어. 내가 새 장난감을 받으면 꼭 빼앗으려 들었다고요. 후견인은 저예요. 저

맞죠?"

바르가 폭발했다.

시메옹과 판사는 놀라서 마주 보았다.

"잠깐만요. 이번에는 농담이 아니라, 정말 얘들은 내 동생이라고요."

갑자기 불안해진 바르가 덧붙였다.

"아무도 그걸 부정하지 않아요. 그렇지만 후견인이라는 막중한 부담은 나누어 가지는 게 좋아요. 그래서 후견인과 후견인 대리를 정해야 해요."

"날 후견인 대리로 만들려는 거죠? 오, 보이! 또 조지안이 맘대로 휘두르겠지."

바르가 날카롭게 소리쳤다.

판사는 바르텔레미를 진정시켰다. 아무도 그를 모를르방가의 맏이 자리에서 내몰 순 없다. 후견인에 대해서도 아직 결정된 사항은 없으며 아이들이 발언권을 가지게 될 거라는 이야기도 덧붙였다. 그리고 로랑스 판사는 모르간을 만나 귀 뒤로 머리띠를 하는 건 좋은 생각이 아니라고 말해 주었다. 또 브니즈가 이제 막 완성한 악마 그림 밑에 삐뚤빼뚤한 글씨로 '시메옹 바보'라고 써 놓은 것에 감탄을 했다.

마지막으로 판사는 시메옹에게 병원에 가 보라고 조언했다. 시메옹의 안색은 정말이지 좋지 않았다.

보육원을 나온 로랑스 판사는 자신에게 자녀도, 형제도, 자매도 없다는 게 행운일지도 모른다는 생각을 했다. 적어도 초콜릿 한 판은 시작과 끝이 분명히 보였지만, 가족들의 사연은 그렇지 않았다.

조지안 모를르방은 얼마 지나지 않아 행동을 개시했다. 돌아온 월요일 저녁 식사 시간에 폴리 메리쿠르 보육원에 전화해서 브니즈를 도빌에 초대했다. 개인적인 연락을 받았다는 사실에 우쭐해진 막내는 언니, 오빠의 식탁을 돌아보며 말했다.

"조지안이랑 바다에 갈 거야."

"잘됐네. 그렇지만 네가 조지안을 너무 친절하게 대하면 너를 계속 데리고 있으려고 할 거야. 그럼 우리는 너를 다시 볼 수 없겠지."

브니즈의 눈에 눈물이 차올랐다. 브니즈는 바다가 보고 싶었지만 유괴를 당하고 싶지는 않았다. 그래서 스스로 해결책을 찾았다.

"그럼 조금만 친절하게 대할게."

그렇지만 브니즈는 이제 겨우 다섯 살이다. 결심과는 달리 어리광도 부리고 뽀뽀도 하고 애교도 부렸다. 어쩌면 큰 자동차와 멋진 별장, 아름다운 정원 때문이었는지도 모른다. 조지안은 브니즈의 손을 잡고 해변을 거닐며 진정한 행복이 무엇인지 깨달았다. 지나가던 사람들이 브니즈를 뒤돌아보았다. 브니즈는 바닷바람에 발그

레해진 두 뺨과 회전목마에 흥분해 반짝이는 두 눈을 하고, 여배우처럼 멋진 포즈를 취했다.

"정말 사랑스러워. 그렇지, 프랑수아?"

조지안은 계속해서 남편에게 물었다.

아침까지만 해도 프랑수아는 브니즈에게 신중한 태도를 보였다. 그는 모를르방에 관한 건 무엇이든 경계했다. 귀고리를 하고 앵앵대는 목소리로 엉뚱한 행동을 하는 바르텔레미는 그에게 끔찍한 악몽이었다. 그렇지만 브니즈가 프랑수아에게 '사랑하니까' 하트를 하나 그려 주었을 때, 이 가엾은 남자는 그만 매력적인 파란 눈에 푹 빠지고 말았다. 날이 저물 무렵 브니즈는 두 사람 사이에서 깡충깡충 뛰어다니며 공평하게 뽀뽀를 나누어 주었다. 두 사람은 일요일 저녁, 브니즈를 다시 폴리 메리쿠르 보육원에 데려다주어야 한다는 사실에 가슴이 찢어졌다.

"가여워라. 그 끔찍한 곳으로 돌아가야 하다니."

조지안이 부르르 몸을 떨었다.

돌아오는 차 안에서 브니즈가 잠이 들자 조지안과 남편은 후견인과 양육, 입양에 대해서 이야기를 나누었다. 대화가 바르텔레미 쪽으로 흘러가자 꼬마가 눈을 감은 채 귀를 기울였다.

"잘 가, 나의 보물."

조지안이 눈물을 글썽이며 속삭였다.

"다음 주 주말에 또 데리러 올게. 학교에서 공부 잘하고 잘 먹고 있어!"

프랑수아 탕피에는 이제 이성을 잃고 브니즈를 '금발의 핑크 공주님'이라고 불렀다.

"뽀뽀!"

잠에서 덜 깬 브니즈가 대답했다.

브니즈는 언니가 있는 작은 방으로 돌아와서 기뻤다.

"어땠어?"

모르간이 물었다.

"바다 예뻤어?"

"우웅……."

브니즈가 느릿하게 대답했다.

브니즈는 반쯤 옷을 벗다 말고 침대에 앉았다.

"호모가 뭐야?"

모르간은 그 뜻을 정확히 알지 못했다.

"시메옹 오빠에게 물어봐."

다음 날 아침 일찍 브니즈는 오빠에게 주말에 있었던 일을 자세히 보고했다.

"다음 주 주말에 또 갈 거야."

시메옹은 못마땅한 얼굴로 고개를 저었다.

"거봐, 조지안이 벌써 우리를 갈라놓고 있어. 네가 너무 친절하
게 대해서 그래."

"아냐, 프랑수아에게는 하트를 딱 하나밖에 안 그려 줬어."

브니즈가 반박했다.

시메옹과 모르간은 근심 어린 눈길을 주고받았다. 둘은 이제 막
내의 순수함이 기쁘지만은 않았다. 어른들은 모를르방 형제들을
찢어 놓으려 하고 있다.

"바르텔레미가 호모야?"

브니즈가 갑자기 물었다.

"쉿!"

시메옹은 다른 테이블들을 살피며 손짓을 했다.

"그런 이야기는 어디서 들었어?"

"차 안에서. 조지안이 그랬어."

막내는 그 단어를 기억하기는 했지만 무슨 뜻인지 알지 못한다.

시메옹은 평소답지 않게 머뭇거리다 결심한 듯 말했다.

"남자가 귀고리를 하는 걸 말하는 거야."

총명한 브니즈의 머릿속에서 이런 결론이 나왔다.

"조지안은 귀고리를 싫어하는구나."

## 05
## 바르텔레미가 이웃집에 가르쳐 준 레시피

바르는 일자리를 찾다가 레오를 만났다. 골동품 가게 유리문에 붙은 "열정적인 직원을 찾습니다"라는 문구를 본 것이다. 바르는 자신이 롤러스케이트를 타고 동성애자들의 권리를 주장하는 행진에 빠짐없이 참여한다거나, 밤새도록 게임을 하며 라라 크로프트의 총으로 공룡들을 터뜨리는 데 열정이 남다르다고 생각했다. 그렇게 해서 가게 주인을 만나게 되었다. 그는 좁은 어깨와 그보다 더 좁은 마음씨를 가진 주근깨투성이의 남자였다. 바로 레오다.

두 남자 중, 바르의 집이 더 넓어서 레오가 그의 집으로 이사하기로 했다. 그래서 바르는 2월의 어느 날 아침 잔뜩 쌓인 짐 가운데 혼자 서 있는 중이었다. 길게 한숨을 쉬며 상자를 하나 풀려는

데 누군가 문을 두드렸다. 판사는 모를르방 아이들의 일에 열정을 다하고 있었다. 문을 열고 환하게 웃는 바르를 본 판사는 문득 그의 얼굴에 보조개를 두 개 더 그려 주고 싶다는 생각이 들었다. 먹는 걸 좋아하는 그녀니까 이로 꽉 깨물면 되지 않을까.

"혹시 방해가 됐나요?"

바르는 판사를 거실로 안내했다. 그리고 때로는 진실보다 거짓이 나을 때가 있다는 생각이 들어, 상자들을 가리키며 경매에서 골동품을 사들인 것이라고 설명했다.

"아, 골동품 가게에서 일하지요?"

판사가 코트를 벗으며 말했다.

무심코 의자에 외투를 걸쳐 놓는 판사를 보다가 바르는 엄청난 사실을 깨달았다. 몸에 딱 붙는 니트를 입은 판사의 몸매가 바비 인형처럼 예뻤던 것이다. 그때부터 바르는 판사의 심기를 거스르지 않기 위해 '음, 음' 하며 듣는 시늉을 했지만 무슨 말인지 귀에 들어오지 않았다. 판사는 시메옹과 도빌, 주말에 대해 이야기했고 바르는 계속해서 '음, 음'만 연발했다. 그는 부담스럽지 않은 선에서 최대한 그녀에게 가까이 다가가 어머니 같은 풍만한 느낌을 음미했다. 기분 좋은 '흥, 흥' 소리가 가슴에서부터 올라왔다.

"그럼 동의하시는 거죠?"

판사가 물었다.

"네, 네, 괜찮고말고요."

바르는 귀가 뜨거워졌다. 그녀에게 볼 뽀뽀를 하고 싶었다.

"베네딕트가 토요일 열한 시에 모르간과 시메옹을 데리고 올 거예요."

몽롱한 상태에서 깨어난 바르가 물었다.

"뭐라고요?"

"그게 최선의 방법이에요."

판사는 확신에 차 이야기했다.

"그리고 일요일 저녁에 보육원에 데려다주세요."

바르텔레미는 또 주말 내내 동생들을 떠맡게 되었다는 사실을 깨달았다. 레오가 이 사실을 알게 되면 바르의 목을 졸라 죽이려 할 것이다. 판사를 배웅하면서 바르는 레오가 아직 동생들을 위층 아이들로 알고 있다는 사실을 떠올리고 안도했다. 그럼 됐다.


그날 저녁, 에메의 근황을 알 수 있었다. 차츰 언성이 높아지더니 접시가 깨지는 소리가 들리고 마침내 귀가 멀 듯한 큰 소리가 나기 시작했다. 위층 문이 쾅 닫히더니 누군가 계단을 내려오는 소리가 들렸다.

"마침 잘됐군!"

바르가 기뻐하며 낮은 목소리로 중얼거렸다. 그는 문을 열어 이

윗집 여자를 붙들었다.

"음…… 에메? 부탁할 게 하나 있어요."

놀란 여자는 비명을 가까스로 누르며 난간을 붙잡았다.

"피가 나요!"

바르가 한 발 물러나며 말했다. 그리고 조금 꾸짖는 투로 덧붙였다.

"저는 피를 무서워해요."

"나를 죽이려고 했어요."

얼굴이 피와 눈물로 뒤범벅이 된 그녀가 말했다.

"수요일마다 발작을 일으키네요. 항불안제를 수프에 타 봐요."

바르가 말했다.

에메는 공포에 질린 눈으로 위를 한 번 쳐다보더니 바르의 집 안으로 들어섰다.

"레오가 히스테리를 부릴 때 종종 사용하는 방법이에요. 커피에 조그마한 진정제 한 알을 넣죠. 그러면 평화가 찾아와요."

"농담이죠?"

에메가 미심쩍은 듯이 물었다.

"피가 많이 나요. 피 때문에 토할 것 같아요. 욕실로 따라와요."

에메는 물로 얼굴을 씻었다. 왼쪽 눈 아래 광대뼈에 꽤 깊은 상처가 나 있었다.

"냄비 뚜껑을 던졌어요."

그녀가 말했다.

"냄비 뚜껑을 프리스비로 바꿔요, 덜 다치게."

바르가 침착하게 조언했다.

에메는 찬물로 손을 씻었다. 손에도 잇자국과 포크 자국이 선명했다.

바르는 혐오감에 몸이 떨렸지만 활기차게 말을 이었다.

"에메, 이번 토요일에 당신 아이들이 또 올 거예요."

"'내 아이들'이라뇨? 아, 아직 레오에게 사실대로 말하지 않았군요!"

바르가 고개를 저었다.

"고아가 된 아이들의 후견인이 되는 건 나쁜 일이 아닌데, 왜 숨기는 거예요?"

에메가 의아해하며 물었다.

"레오를 몰라서 그래요. 레오는 내가 좋아하는 건 다 싫어해요. 제가 키우는 제라늄을 담뱃불로 지진 적도 있어요."

레오의 이런 행동은 에메에게 그리 이상하게 여겨지지 않았다. 남편도 에메가 읽던 책을 찢어 버린 적이 있었다.

"부탁 하나만 들어줘요, 에메."

바르가 애교를 부리며 에메의 구겨진 블라우스 깃을 만지작거렸다.

"레오가 토요일 점심에 집으로 올 거예요. 아니, 이제 '우리 집' 이라고 해야겠네요. 레오가 여기로 이사 오기로 했거든요."

바르가 얌전하게 시선을 내리깔았다.

"확실해요?"

여자가 부드럽게 물었다.

"우리 집에 들어오는 거요?"

"아니요. 그렇게 하는 게 정말 좋은 방법일까 해서요."

바르텔레미는 걱정 없다는 듯한 손짓을 해 보였다. 그리고 다시금 에메의 옷깃을 만지작거리기 시작했다.

"그러니까 에메…… 이렇게 하면 좋을 것 같아요. 내일 정오에 급히 애들을 데리고 오는 것처럼 우리 집 초인종을 누르는 거예요. 남편에게 맞아서 집을 나온 것처럼요."

그는 불행한 여자의 얼굴을 살폈다.

"토요일까지 상처가 아물지는 않겠죠? 그럼 이렇게 이야기하는 거예요."

그는 뒤를 돌아보며 불안한 시선을 던지는 에메를 거의 완벽하게 흉내 냈다.

"남편이 날 죽이려고 했어요. 제정신이 아니에요. 모를르방 씨, 아이들 좀 봐 주세요. 아이들에게 이런 모습을 보일 수는 없어요."

에메의 얼굴에 공포와 놀라움, 흥미로움이 마치 땅 위에 구름 그림자가 지나듯 차례로 스쳐 지나갔다.

"이렇게 말하는 거예요. 손을 좀 떨면 더 좋을 것 같아요."

바르 감독이 말했다.

"당신 미쳤군요."

바르의 얼굴에 먹구름이 드리워졌다.

"저도 알고 있어요."

그러고는 여동생의 억양을 따라 하며 애원했다.

"제발요. 에메, 해 줄 거죠?"

여자는 체념한 듯한 표정을 지었다. 바르는 그걸 허락한 것으로 결론 내리고 그녀의 뺨에 뽀뽀를 하고 귀에 속삭였다.

"고마워요."

그렇게 즐거운 주말을 보내리라 믿어 의심치 않고 있던 바르에게 남동생의 반응은 뜻밖이었다.

"보육원에 데려다줘."

형의 우스꽝스러운 연극에 대해 들은 시메옹이 화를 냈다.

"왜 그래?"

바르텔레미가 놀랐다.

"잘될 거야. 주말 동안 미치광이 아빠에게서 너희들을 보호해 주었다가 저녁 여섯 시에 엄마가 찾으러 오는 척하면 된다니까."

불안한 시메옹은 어깨를 으쓱했다. 말도 안 되는 짓이다. 형하고는 항상 말도 안 되는 짓을 하게 된다. 그러는 동안 조지안 모를 르방은 어린 브니즈를 독차지하게 될 것이다. 모르간은 거실의 소파에 앉아 있었다. 서로에게 마음이 상한 두 남자는 똑같이 모르간을 바라보았다.

"대체 귀에 무슨 짓을 한 거야?"

바르텔레미가 물었다.

모르간이 두 손으로 머리카락을 들어올렸다. 모르간은 머리띠를 포기했다.

"이렇게 아래에 숨겨 두었어."

"바로 그거야. 잘 숨겼다."

"형은 진짜 한심해! 레오가 분명히 눈치챌 거야. 아니면 형보다 더 바보인 거겠지."

시메옹이 비아냥거렸다.

"그럴 수도 있지!"

바르텔레미가 인정했다.

어쨌든 늘 그렇듯이 바르의 뜻대로 되었다. 그는 모든 것을 계획했다. 시메옹과 모르간은 12시 20분쯤까지 공원 그네에서 에메를 기다린다. 에메가 장을 보고 돌아오는 길에 공원에 들러 둘을 데리고 바로 집으로 온다. 그녀는 바르의 각본대로 연극을 한 뒤

서둘러 집으로 돌아가 오후 1시에 볼링장에서 돌아오는 남편을 맞이한다.

레오는 정확히 정오에 나타났다. 기분이 매우 나빠 보였다. 일주일 내내 골동품 가게에서 혼자 일한 것이다.

"젠장! 대체 하루 종일 뭘 하는 거야?"

레오가 상자를 발로 걷어차면서 소리쳤다. 바르텔레미는 짐을 하나도 풀지 않고 있었다.

"툼 레이더 2탄에서 아무리 해도 안 깨지는 레벨이 있어."

바빠 보이는 바르가 말했다.

"저놈 땜에 돌겠네."

레오가 보이지 않는 누군가에게 말하듯이 날카롭게 소리쳤다.

"어떻게 라라 크로프트를 좋아하지 않을 수가 있어?"

바르가 허공에 커다란 가슴을 그리며 말했다.

경솔한 짓이었다. 다음 발길질 대상은 게임기였다. 주방으로 가기 전 바르는 욕실에 들러 약 상자를 열고 수면제와 항불안제 사이에서 잠시 망설였다.

바르는 수면제를 선택했고 거실로 돌아와 말했다.

"점심 식사 하시지요! 타프나드를 만들었어."

"이 쓰레기는 뭐야?"

레오가 으르렁거렸다. 역시 호락호락하지 않다.

"블랙 올리브로 만든 거야. 약간 쌉싸름하지만 괜찮아."

수면제를 으깨 넣어서 미리 선수를 쳤다.

레오는 맛이 너무 쓰다고 했다.

"너는 뭐든지 불만이 너무 많아."

바르텔레미가 그의 눈치를 살피며 말했다.

"잠깐만, 누가 왔나 봐."

방금 막 얻어맞은 자신을 연기하는 이웃집 여자였다. 불퉁한 표정의 시메옹과 모르간도 연기가 끝나길 기다리고 있었다.

"에메, 주말 동안 아이들을 데리고 있을게요. 여기 있으면 괜찮을 거예요."

바르텔레미가 말했다.

레오는 타프나드를 바른 빵에 목이 걸린 듯 캑캑거렸다. 그렇지만 바르는 레오가 끼어들지 못하게 재빨리 말을 이어 나갔다.

"그래요, 잘 가요! 가서 남편이나 진정시켜 봐요."

성공이다. 바르는 기뻤다. 그렇지만 레오의 히스테리까지는 예상하지 못했다. 말 그대로 폭발해 버린 레오는 바르에게 온갖 욕설을 퍼붓고, 가엾은 모르간을 떠밀고, 타프나드를 집어던졌다. 시메옹과 모르간은 주방으로 피했다.

"곧 괜찮아질 거야."

주방으로 돌아온 바르텔레미가 말했다.

"좀 거칠기는 해도 나쁜 사람은 아니야. 내가 맛있게 커피를 타다 주면 돼."

수면제 커피.

"커피 맛이 거지 같다. 모르겠어?"

레오가 짜증을 냈다.

"모르겠는데."

바르텔레미가 단호하게 말했다.

레오가 조금씩 풀어지기 시작했다. 주변의 모든 것들이 조금씩 희미하고 부드럽게 보이기 시작했다. 불쌍한 에메의 이야기를 듣고는 눈가에 눈물도 고였다. 안타깝게도 바르가 한 이야기라 웃다가 눈물이 나온 것이기는 하지만 말이다. 그러는 동안 모르간과 시메옹은 소파에 앉아 각자 『닥터 둘리틀』과 『자라투스트라는 이렇게 말했다』를 읽으며 타프나드로 배를 채웠다.

"왜 이렇게 졸리냐."

레오가 하품을 하며 말했다.

바르는 이제 레오가 침대에 쓰러질 타이밍이라는 것을 알았다. 모든 게 예상대로 흘러가고 있었다. 단 하나, 다시 들리기 시작한 문소리만 빼면.

"내가 열게."

모르간이 말했다.

이상하다는 듯이 레오와 바르가 서로를 바라봤다. 올 사람이 없는데. 하지만 이웃집 여자였다.

　"날 죽이려고 해요!"

　"오, 보이! 아직 아니에요."

　바르텔레미가 그녀에게 일러 주듯 말했다.

　"락스를 먹이려고……."

　에메가 웅얼거렸다.

　시메옹이 충격을 받아 벌떡 일어섰다. 변기 세제가 생각났기 때문이다.

　"이젠 토요일까지 발작이군. 이제 수요일과 토요일이야."

　바르가 확인했다.

　"지금 농담이 나와?"

　시메옹이 소리쳤다.

　"진짜 죽이려고 했다고! 목에 손자국이 있잖아."

　"목도 졸랐어요."

　그녀가 중얼거리며 덧붙였다.

　"신경 쓰지 말아요. 시메옹 군은 아직 어려요."

　레오는 얼이 빠져서 이들을 바라보았다. 정신이 혼미하기는 해도 뭔가 수상쩍은 일이 벌어지고 있다는 것은 이해할 수 있었다.

　"저 녀석 대체 뭐야?"

레오가 시메옹을 가리키며 물었다.

시메옹은 형의 각본을 무시하기로 결정했다.

"저는 시메옹 모를르방이에요. 여기는 모르간 모를르방. 우리는 바르텔레미의 이복동생이에요."

"뭐라고?"

레오가 힘겹게 몸을 일으켰다.

"화내지 마. 간단한 문제야. 시메옹이 설명해 줄 거야."

바르가 거들었다.

바르텔레미는 바통을 동생에게 넘겼다. 시메옹은 몇 문장으로 상황을 정리하고 결론을 지었다.

"바르가 후견인이라는 걸 알리고 싶어 하지 않았어요. 그렇지만 아직 형이 우리 후견인이 된 건 아니에요. 앞으로도 절대 그런 일은 없을 거고요."

"왜?"

레오가 물었다.

"게이니까요. 후견인 담당 판사가 허락하지 않을 거예요."

"그건 사람 차별하는 거지! 바르의 권리를 빼앗는 거야."

레오가 소리쳤다.

갑자기 모든 것이 달라졌다. 레오는 이제 바르가 후견인이 되는 걸 반대하지 않는 정도가 아니라 오히려 강력히 요구하는 상황이 되었다.

"'리베라시옹'(프랑스의 진보 성향 일간지)에 투고할 거야."

레오가 흥분하며 말했다.

레오는 피곤한 한 주를 보냈다며 낮잠을 자러 들어갔다. 그가 거실을 벗어나자 바르는 시메옹을 돌아봤다.

"오후 내내 잘 거야. 이제 영화를 보러 가자."

"그렇지만 에메를 그냥 놔둘 수 없어. 경찰을 불러 줘."

시메옹이 말했다.

"아니에요, 아니에요."

잔뜩 겁에 질린 에메가 거절했다.

바르텔레미는 형의 폴로셔츠 깃을 붙잡았다.

"에메 일은 내가 맡을게."

시메옹이 뭔가 말하려고 했지만, 바르가 남자다움을 뽐내며 끼어들었다.

"어른은 나야, 이 꼬맹아."

"경찰은 안 돼요, 정말⋯⋯."

웅얼거리고 있는 에메를 향해 바르는 걱정하지 말라며, 욕실로 데려갔다. 그는 약 상자를 열어 아직 뜯지 않은 수면제 한 통을 꺼냈다.

"두 알이에요."

그리고 구체적인 레시피를 전달했다.

"약을 채소와 잘 섞어요. 그리고 수프에 넣어요. 크림은 한 스푼. 소금, 후추로 간하고요."

에메의 문제를 해결한 바르텔레미는 동생들에게 돌아왔다. 시메옹은 영화관에 가는 대신 책을 마저 읽고 싶었다.

"천재란!"

바르가 탄식했다. 그는 동생이 밖에 나가 찬바람을 맞기에 몸이 너무 지쳤다는 사실을 알지 못했다.

갑자기 할 일이 없어진 바르는 아이들과 함께 소파에 앉아 시메옹의 어깨 너머로 함께 책을 읽기 시작했다. 갑자기 남동생의 손목 위에 있던 무언가가 그의 눈에 들어왔다. 바르는 재빨리 시메옹의 소매를 걷어 올렸다.

"오, 보이!"

겁에 질린 바르가 소리쳤다.

붉은 반점이 더 커졌다. 수십 개의 가는 혈관이 터진 것 같았다. 시메옹은 형을 밀어내고 소매를 내렸다. 그리고 둘은 한동안 아무 말 없이 책을 읽는 척했다. 고개를 숙인 시메옹의 폴로셔츠 깃 아래에 또 다른 멍이 보였다.

"이게 뭐야?"

책이 푹 빠져 있는 모르간이 신경 쓰지 않도록 바르가 작은 목소리로 물었다.

"모르겠어."

짧은 한숨을 쉬며 시메옹이 대답했다.

"또 있어?"

"응, 점점 많아져."

병원에 가야 한다. 의사를 만나야 한다. 바르는 이 문장을 속으로 되뇌었지만 입 밖으로 내지는 못했다. 이 말을 하는 순간 이 일에 끼어들고 시메옹을 직접 책임지고 큰형으로서의 역할을 해야 할 것이다. 그러나 그건 불가능한 일이다. 바르는 아무에게도, 무엇에도 상관하지 않는 사람이다.

"시메옹?"

"응?"

아니다, 말이 나오지 않는다. 다시 무거운 침묵이 이어졌다.

"응, 나도 알아."

시메옹이 말했다.

"병원에 가 볼 거야."

하지만 시메옹은 병원에 가지 않을 것이다. 왜? 열네 살 소년인 그는 두렵기 때문이다. 바르가 몸을 일으켰다.

"어디 가?"

"내 주치의에게 전화하러. 그렇게 이상한 걸 놔두면 안 돼."

바르의 주치의인 샬롱 박사는 그를 어릴 때부터 봐 왔다. 비서가 의사에게 전화를 바꿔 주었다.

"자네에게 이복형제가 있는 줄은 전혀 몰랐네. 동생한테 무슨 일이 있다고? 그런데 오늘은 토요일이라 왕진을 가지 않아. 그냥 멍이면······."

"그건 아닌 것 같아요."

바르는 내키지 않았지만 시메옹의 몸에 퍼진 이상한 반점에 대해서 자세히 설명했다.

"열이 나?"

"음······ 아니요."

바르가 머뭇거리며 대답했다.

"피곤해해?"

"항상요!"

시메옹이 계단에서 난간을 붙잡거나 벽에 기대 있거나 세면대를 붙잡는 모습이 불현듯 떠올랐다.

"데려와."

샬롱 박사가 말했다.

"월요일에요?"

"지금 당장."

## 06
### '바람이 분다, 살아야겠다.'

조지안은 조금씩 브니즈의 숨겨진 면을 알아 가기 시작했다. 이 아이는 진짜 모를르방이다. 조지안과 어머니의 일생에 풍파를 일으킨 뒤 바르텔레미를 남겨 놓고 떠났던 조르주 모를르방의 아이가 분명하다.

"나에게 퀜이 생겼어!"

2월의 어느 토요일, 조지안의 집에 도착한 브니즈가 자랑스럽게 말했다.

"퀭이 뭐야?"

다섯 살 난 여자아이보다는 백내장에 걸린 노부인들을 많이 만나는 조지안이 물었다.

브니즈는 배낭에서 인형을 꺼내 보였다.

"바르가 줬어. 나 바비는 많은데 같이 사랑을 나눌 켄이 없었거든."

조지안은 벌레에 물리기라도 한 듯 소스라치게 놀랐다.

"언니는 프랑수아랑 사랑해?"

브니즈가 해맑게 물었다.

"음…… 그래."

조지안이 당황하며 답했다.

너무 늦었을까? 이 어린아이를 제대로 가르칠 수 있는 기회가 남아 있을까? 만약 조지안이 남동생의 일탈에 대해 강박관념을 갖지 않았다면 브니즈의 호기심 어린 질문을 웃어넘길 수 있었을 것이다. 그저 이런저런 일을 궁금해하는 고아 소녀일 뿐이다. 그렇지만 조지안은 벌써 브니즈를 검사해 줄 동료 심리치료사가 없을까 궁리하고 있었다.

"켄 바지 속에는 고추가 없어. 왜 그런지 모르겠네."

브니즈가 인형 옷을 벗기면서 궁금해했다.

"남자들은 다 고추가 있는 거 아니야? 바르는 고추가 커. 바르 방에서 봤어. 언니는 프랑수아 고추 봤어?"

'샤피로, 도로테 샤피로!'

조지안은 믿을 만한 심리치료사의 이름이 떠올랐다.

"브니즈, 이리 와서 주사위 놀이 할래?"

조지안이 간절하게 물었다.

브니즈는 인형을 내려놓으며 말했다.

"미안해, 켄. 잠깐만 발가벗고 있어."

조지안은 남자들의 배려가 담긴 듯한 다정한 미소를 지으며 켄 위로 바비를 포개어 놓았다.

"이렇게 하면 따뜻해질 거야."

브니즈가 조지안에게 설명해 주었다.

조지안은 희미한 미소를 지으며 주사위를 던졌다.

"오! 운이 좋네. 6이 나왔어."

게임을 하는 중에도 브니즈는 주사위의 동그라미를 세느라 정신이 없었다. 브니즈는 자신이 아는 모든 모를르방을 손가락으로 꼽아 보기 시작했다.

"바르, 언니, 시메옹, 모르간, 나. 다섯이야. 이것 봐."

"맞아, 다섯이야."

조지안은 아이가 아버지를 세지 않는다는 걸 알아차렸다. 어쩌면 아이에게는 조르주 모를르방에 대한 기억이 없을지도 모른다. 조지안은 눈만 감아도 그를 떠올릴 수 있었다. 키가 크고 힘이 세고 시끄러운 남자, 그리고 잘생긴 남자. 정말 잘생겼다. 바르와 브니즈가 그를 많이 닮았다. 하지만 그는 나쁜 남자였다. 바에서 피

아노를 연주했고 담배를 피웠고 밤에 잠을 자지 않았고 아침부터 취해 있을 때가 많았다. 조지안은 그래서 남자를 무서워하게 되었다. 그가 밤늦도록 집에서 파티를 벌일 때면 불안해서 심장이 마구 뛰었다. 그러고는 밧줄을 끊는 것처럼 갑자기 떠나 버렸다. 조지안과 임신한 엄마를 남겨 두고. 그때 브니즈가 무언가 말하려고 하는 게 보였다.

"뭐라고 했어, 우리 아가?"

"언니는 왜 귀고리를 싫어해?"


조지안이 브니즈와 실랑이를 하는 사이, 바르는 샬롱 박사의 진료대기실 앞에서 인내하고 있었다. 더 정확히는 대기실에서 잡지를 넘기다가 내려놨다가 소파 팔걸이를 두드렸다가 일어났다가 앉았다가 하면서 화를 내고 있었다. 제정신이 아니었다. 시메옹은 무지막지할 만큼 평온했다. 홀가분했다. 드디어 몇 주 동안 감춰 왔던 비밀을 밝히게 되었다.

문이 열리고 의사가 문틈으로 고개를 내밀었다. 바르는 의자에서 일어나려다가 동생 혼자 들여보냈다. 15분 후, 진료실 문이 다시 열렸다.

"바르!"

의사가 심각한 목소리로 불렀다.

바르텔레미가 다가서자 샬롱 박사는 지나치게 힘이 들어간 손으로 그의 어깨를 붙잡았다.

"앉아."

시메옹은 다시 옷을 입고 있었다. 평온해 보인다.

"그러니까 동생이랑 네가 알게 된 지는 얼마 안 된다고?"

의사가 바르에게 물었다.

바르는 시메옹의 벗은 몸에 시선을 두었다. 팔에 있는 것과 같은 반점과 푸른 멍이 몇 개 보였다. 바르는 이웃집 여자 생각이 났다. 시메옹도 누군가에게 맞은 게 아닐까? 그렇다면 누가 때렸지? 의아해하는 그의 눈길이 의사와 딱 마주쳤다. 샬롱 박사는 이내 억지스러운 미소를 지어 보였다.

"정밀 검사를 더 해 봐야 할 것 같아. 우선 혈액 검사부터 하자."

"담당 사회복지사에게 전할게요."

바르는 귀찮은 일을 사회복지사에게 떠넘겼다.

"월요일에 해야 해."

시메옹이 옷을 다 입었다.

"넌 대기실에 가 있을래?"

샬롱 박사가 짐짓 편안한 목소리로 시메옹에게 말했다.

"형이랑 할 이야기가 좀 있어."

시메옹은 웃음을 참았다. 천재가 무엇인지 모르는 사람이다. 문이 닫히자 의사는 목을 가다듬고 종이에 무언가 써 내려갔다.

"생 탕트완 병원 연락처야. 시메옹을 최대한 빨리 입원시켜야 해."

"혈액검사를 한다면서요?"

"골수 검사를 해야 해. 겁을 먹을까 봐 그랬어. 동생에게는 차차 이야기해 줘. 너는 알아야 할 것 같아서 이야기하는 거야. 백혈병일 가능성이 높아."

"안 돼요."

바르가 고개를 저었다. 그는 부정하고 있었다.

"백 퍼센트 확신할 수는 없어. 당연히 내가 틀렸을지도 모르지. 그렇지만 빨리 진단을 받아 보는 게 중요해."

바르는 고개를 떨구었다. 안 돼. 이건 자신에게 닥친 일이 아니다. 자신의 일이 아니다. 사회복지사가 모든 걸 알아서 할 것이다.

"생 탕트완에서 일하는 동료야. 실력이 출중해. 모브와쟁 박사라고. 내 소개로 연락했다고 해. 조금 차가워 보여도 정말 인간적이고 환자 편에서 생각해 주는 사람이야. 소아백혈병을 전문으로 해."

바르는 박사의 말을 한쪽 귀로 흘려 버리려고 했다. 그렇지만 그의 말이 머릿속으로, 몸속으로 들어와 박혔다. 생 탕트완. 모브와쟁. 백혈병. 마지막에는 '용기', '의지', '행운' 같은 말도 있었다. 밖에서는 시메옹이 미소를 지으며 형을 기다리고 있었다. 바르는 이렇게 뱉어 버리고 싶었다.

'너 백혈병이래, 이 자식아. 넌 망했어.'

저마다 인생에서 짊어져야 할 짐이 있는 법이다. 그런데 왜 바르가 불안해하는 걸까? 바르가 계속 불안해하면 시메옹도 초조해질 것이다. 바르는 동생에게 익살스러운 미소를 지으며 말했다.

"차에 타자, 시몬!"

시메옹은 어깨를 으쓱하며 낮은 목소리로 물었다.

"의사 선생님이 뭐라고 했어?"

"그건 내가 너에게 물어봐야지."

바르텔레미가 응수했다.

"빈혈인 것 같대. 형한테는 뭐라고 해?"

시메옹은 의사가 형에게 사실대로 말하기 위해 나가 있으라고 한 걸 알고 있다.

"네 이야기는 하나도 안 했어. 에이즈 조심하고 다니냐고 묻더라. 그게 다야."

그럴듯한 대답에 시메옹은 더 이상 궁금해하지 않았다.

집에 도착하자 레오는 낮잠에서 깨어나 있었고 모르간도 『닥터 둘리틀』을 다 읽고 난 후였다. 레오는 몸이 무거웠고 기분이 아주 안 좋았다. 그의 투쟁 의지는 이미 사라져 있었다. 그는 바르를 따로 불러내 물었다.

"주말 내내 애들을 데리고 있을 건 아니지? 보육원에 다시 갖다 주면 안 돼?"

그는 아이들을 소포 꾸러미처럼 취급했다. 바르텔레미는 그에게 분노 어린 시선을 던졌다.

"안 돼. 그럴 수 없어. 주말 동안 함께 있기로 약속했어."

레오가 비웃었다. 바르가 언제부터 그렇게 약속을 잘 지켰냐는 듯이.

"좋아. 하지만 다음 주말에는 애들 데려오지 마."

"주중에 보육원에 가서 만날 거야. 이제 됐어?"

바르는 가끔씩 보육원에 들러 시메옹의 소식을 듣고 한 달에 한 번 여동생에게 바비를 사 줄 것이다. '그래, 그럼 됐어.' 하고 바르는 생각했다. 그렇지만 저녁 내내 의사가 했던 이야기를 떨칠 수가 없었다. '백혈병'이라는 한 단어가 그의 모든 삶을 점령해 버렸다. 텔레비전 앞에서 뒹구는 레오를 보면서 '백혈병을 켰군.' 하고, 주방에서 샐러드를 만들다가 식초를 찾으면서 '백혈병이 어디 있나' 생각했다.

식사하는 내내 레오는 모를르방 동생들에게 불쾌하게 굴었다.

"애들을 살찌워 잡아먹으려는 건 아니지? 특히 저 녀석은 너무 말랐어. 쟤는 어린애가 참 게걸스럽게도 먹는다."

바르텔레미는 꾹 참았다. 그렇지만 그의 손이 신경질적으로 떨리기 시작했다. 레오는 시메옹을 직접적으로 공격하기 시작했다.

"네가 바르 동생이라니 믿기지가 않네. 진짜 못생겼다."

바르텔레미는 의자에서 튀어 오르듯 일어섰다.

"저 앨 가만히 놔 둬! 쟤는 백혈병이야. 그게 뭔지 알아? 백혈병! 암이야. 쟤는 아빠도 엄마도 없어. 그런데 이제 암까지 걸렸어. 열네 살에 말이야. 그런데 넌 뭐 하는 거야? 쟤가 무슨 잘못이 있다고? 쟤는 대단한 애야. 왜 하필 저 녀석이냐고!"

바르는 레오, 아니 어쩌면 하느님 아버지를 원망한 것이다. 침묵만이, 무거운 침묵만이 식탁에 내려앉았다. 시메옹은 눈앞에 있는 허공을 똑바로 바라보았다. 그럼 그 반점이 백혈병 때문이었나? 그는 백혈병에 걸렸다. 눈물 한 방울이 그의 뺨을 타고 길게 흘러내렸다. 그는 자신이 제법 용감한 사람인 줄 알았다. 시메옹은 훌쩍였다.

바르는 자신이 무슨 짓을 했는지 깨달았다. 그는 동생의 팔에 손을 올리고 의사가 했던 '용기'니, '의지'니 하는 말들을 전해 주었다.

"나을 수 있어."

바르가 덧붙였다.

"모브와쟁이라는 유능한 의사가 있대. 환자의 90퍼센트는 고쳐 준대. 90퍼센트!"

평생 이때처럼 거짓말이 가볍게 느껴진 적이 없었다.

"혈액검사를 할 때 같이 가 줄게. 네 옆에 있을게. 두고 봐, 우리는 이겨 낼 거야."

그의 이런 말, 이런 몸짓은 어디에서 온 것일까? 바르는 넋을 잃은 듯한 동생의 어깨를 천천히 흔들면서 손등으로 눈물을 닦아 주었다. 그는 모르간이 이 소식을 어떻게 받아들이고 있을지 봐야겠다는 생각이 들었다. 모르간에게는 절망적인 슬픔과 함께 숭배에 가까운 감정이 함께 보였다. 끝이 보이지 않는 불행의 바다 저 멀리 수평선 근처에서 작은 돛단배가 춤을 추듯 다가오고 있었다. 모르간에게는 모두를 구원해 줄 멋진 큰오빠가 있다.

레오의 동정심은 오래가지 않았다. 그날 밤 침실에서 레오는 바르에게 겁을 주려고 했다.

"진짜 그런 무거운 부담을 짊어지려는 건 아니지?"

백혈병이라는 건 화학요법, 구토, 다 빠진 머리카락을 뜻한다. 지금도 깡마른 녀석은 이제 피골이 상접하게 될 것이다. 집단 수용소에서 돌아온 사람처럼.

"낫지 못할 거야. 열네 살이니까 심장은 튼튼하겠지. 오랫동안 서서히 무너져 내릴 거야. 일 년, 이 년……. 생각해 봐, 죽음의 문턱에서 이 년을 보내는 거라니까? 계속해서 피를 뽑고, 주사를 맞고, 모르핀을 맞고!"

그는 신경질적으로 소리쳤다.

그때 방문이 열렸다. 시메옹이었다.

"좀 조용히 말할 수 없어? 고맙지만 나도 백혈병이 뭔지는 알아."

레오는 바르를 향해 돌아누웠다.

"쟤 왜 내 집에서 이래라 저래라 하는 거야?"

"그게 어때서? 여긴 내 집이야. 너 진짜 짜증나니까 그냥 꺼져."

완벽하게 앵앵거리는 목소리였지만 완벽한 최종 선언이었다.


일요일 정오, 레오가 짐을 싸는 동안 바르는 동생들을 데리고 레스토랑에 갔다. 지난밤, 그는 갖은 협박과 고함을 견뎌야만 했다. 바르는 앞으로 나아가고 있었다.

"미안해."

왜인지는 모르겠지만 시메옹이 미안하다며 중얼거렸다.

"문제는 레오가 아니라 일이야."

바르가 대답했다. 그는 일자리를 잃었다.

"골동품 가게가 하는 일 없이 돈은 잘 받았거든. 그런 일을 찾기가 쉽지는 않을 거야."

'아니, 게다가 그게 그렇게 자랑스러운 일도 아니잖아.'라고 시메옹은 생각했다. 그는 노래를 흥얼거렸다. '아임 저스트 어 지골로(gigolo. 여자의 댄스 파트너인 남자, 또는 여자의 지원을 받으며 사는 남자)……'

116

"이제 너희를 먹여 살릴 방법이 없어."

노래에 답을 하듯, 바르가 투덜댔다.

"형이 우리 후견인이 되어서 양육을 맡게 되면 보조금을 받을 수 있어. 엄마가 남겨 둔 돈도 좀 있고."

시메옹은 벌써 모든 걸 생각하고 있었다.

"친절하구나. 그렇지만 판사는 그렇게 하려고 하지 않을 거야."

바르가 대답했다.

"왜? 오빠가 호모라서?"

그 말이 적절한 표현인 줄 알고 있던 모르간이 물었다.

바르는 모욕당했다는 표정을 지었다.

"오, 보이! 그거 알아? 너희 진짜 피곤한 애들이야."

그렇지만 결국 그는 웃었다. 그리고 스스로도 생각에 잠겼다. 시메옹의 말도 일리가 있다. 만약 아이들을 맡게 된다면 경제적으로 보조를 받을 것이다. 그렇지만 그 역할을 수행하려면 조금 더 규범에 맞는 사람처럼 보여야 한다. 판사를 꼬실까? 안 될 게 뭐야? 판사는 착해 보였다. 그러면서도 핫했다. 판사가 그를 아주 잘 보고 있는지, 아니면 아주 나쁘게 보고 있는지 알 수 없다. 여자 친구가 있는 척을 해 볼까? 바르의 얼굴이 밝아졌다. 그래, 물론이지! 에메를 여자 친구라고 하는 거야. 아주 간단한 일이다. 그녀는 항상 자신의 집으로 숨어들어 오니까.

바르는 아주 맛있게 식사를 했다. 그의 머릿속에서 모든 일이 정해졌다. 그는 이성애자인 척을 해서 모를르방 아이들의 후견인이 되고 너무 힘들지 않은 적당한 일자리를 찾는다. 할머니들이 키우는 강아지들을 산책시킨다거나 말이다. 단 한 가지 마음에 걸리는 건 시메옹의 백혈병이다. 그렇지만 백혈병을 하도 되뇌어서 이제 그 말에 익숙해졌다. 백혈병, 백혈병. '금방 나을 수 있는 병이야', 이렇게 생각하기로 했다. 토요일은 이미 망쳤고 오늘은 라라 크로프트의 총으로 공룡들을 모두 날려 버릴 것이다.


일요일 저녁, 모를르방 아이들은 폴리 메리쿠르 보육원의 동생들의 방에 모였다. 브니즈는 선물을 많이 받았다. 봉제 인형 하나, 물총, 사탕 목걸이까지.

"귀고리도!"

브니즈가 곱실거리는 머리카락을 들어 올리며 자랑했다.

브니즈는 카펫 위에 엎드려서 손에 손을 잡고 늘어선 사람들을 그려 나가기 시작했다.

"이게 모를르방 형제야."

브니즈가 모르간과 시메옹에게 설명했다. 바르, 조지안, 모르간, 시메옹, 그리고 브니즈라고 이름을 붙였다.

"이건 누구야?"

브니즈의 언니, 오빠가 물었다.

"아빠."

아무 말 없이 세 아이들은 그림 속에서처럼 손을 맞잡았다. 시메옹은 눈을 감고 간절하게 기도했다.

"저에게 용기와 의지를 주세요."

# 07
## 벼랑 끝에 몰린 바르

에메의 남편은 속옷 영업사원이다. 그는 아침 일찍 나갔다가 늦게 들어온다. 때로는 며칠씩 집을 비우기도 한다. 그는 언제나 예고 없이 나타나는데 그때 에메가 꼭 집에 있어야만 한다.

이번 월요일 아침, 바르는 창문으로 그가 나가는 모습을 몰래 지켜보았다. 남편의 차가 모퉁이를 돌자마자 바르는 거울을 보며 머리를 매만졌다. 하지만 마음에 들지 않는지 머리를 헝클고 다시 손질을 했다. 셔츠를 더 활짝 풀어헤치고 더벅머리와 조금 피곤해 보이는 얼굴을 한 채, 그는 한참 동안 거울을 보며 스스로에게 감탄했다.

"끝내주게 섹시하군."

바르는 위층으로 올라가 문을 두드렸다. 겁에 질린 이웃집 여자가 문을 살짝 열었다.

"뭐 두고 갔어? 오, 바르!"

"수면제 효과 있어요?"

바르텔레미가 머리를 문에 기대고 물었다.

"쉿! 나간 지 얼마 안 됐어요."

"알아요. 에메, 그런데 부탁할 게 또 있어요."

"안 돼요. 항상 실패하잖아요."

여자가 앓는 소리를 냈다.

바르가 에메의 셔츠 깃을 가다듬기 시작했다. 그건 바르텔레미가 상대를 무장해제시키는 방법 중 하나다.

"아주 간단한 거예요, 에메. 내 애인인 척해 주기만 하면 돼요."

"아무도 믿지 않을 거예요."

그녀가 단호하게 대답했다.

"서운하네요. 그냥 아이들 후견 담당 판사만 속이면 되는 거예요. 내가 정상적인 사람처럼 보이지 않으면 후견인 자격을 주려고 하지 않을 거예요. 그들의 눈에는 당신 남편이 나보다 더 정상이니까."

바르는 입술을 조금 깨물었다.

"미안해요, 바르. 나 좀 앉아야겠어요."

에메가 말했다.

"아침이면 좀 힘들어서요."

"오, 보이! 혹시 백혈병은 아니죠?"

거듭되는 불행에 화가 난 바르텔레미가 소리쳤다.

"아니에요, 나는……."

에메가 목소리를 낮췄다.

"임신했어요. 남편은 몰라요. 임신한 걸 알면 불같이 화를 낼 거예요."

"엄청난 일이네요. 내 여자 친구가 임신을 하다니! 완전히 정상이잖아요. 쿠션을 넣고 가요, 지금은 티가 안 나니까."

결국 평소처럼 바르가 이겼다. 후견인 담당 판사가 오후 느지막이 들르기로 했다. 에메가 문을 열어 주면서 집의 안주인 행세를 할 것이다.

"나한테 반말을 해야 해요."

바르가 떠나기 전에 말했다.

"한번 해 봐요."

"걱정하지 마. 반말할 테니까."

에메의 창백한 두 뺨이 살짝 붉어지면서 생기가 돌았다.

"혹시 '자기'라고 부르는 게 좋지 않을까요? 해 봐요."

바르가 고민하며 말했다.

"그럴 필요 없어요. 함께 산다고 꼭 '자기'라고 부르는 건 아니니까."

"아니면 서로 냄비 뚜껑을 날릴까요? 당신 경험을 믿고 따를 순 없어요. 저는 함께 사는 보통 사람들이라면 서로를 '자기'라고 부를 것 같아요."

"꼭 그렇지는 않아요."

"제 생각은 그래요."

두 사람은 화낼 일도 아닌 주제로 부딪쳤다.

"좋아요. 진정해요."

바르가 말을 돌렸다.

"난 당신에게 반말을 하는 게 어렵고, 당신은 나를 '자기'라고 부를 수 없다면, 이렇게 해요. 난 당신에게 존댓말을 하면서 자기라고 부를 테니까 당신은 내게 반말을 하면서 모를르방 씨라고 하세요. 중요한 건 우리가 균형적인 커플처럼 보여야 한다는 거예요."

에메가 웃었다. 바르텔레미는 지구상에서 에메를 웃게 하는 유일한 사람이었다.


자신의 계획이 시메옹 눈에 차지 않을까 봐 바르는 입을 꾹 다물었다.

"학교를 빠져서 좀 그러네. 철학 숙제를 내야 하는데."

소년은 바르와 함께 검사실로 가며 말했다.

"너는 이제 열네 살이야. 나는 스무 살에 대학입학자격시험을 통과했어. 넌 엄청나게 여유가 많다고."

"상처를 주려는 건 아니지만, 바르 형, 형은 내 인생의 롤모델이 아니야."

시메옹은 바르텔레미에게 거만하게 행동할 때마다 후회가 들었다. 그렇게 말하려던 게 결코 아니었다. 그날 아침, 그에게 닥친 새로운 불행에도 불구하고 그는 행복했다. 차 안에 형과 나란히 앉아 있다는 사실도 행복했다. 안타깝게도 갑작스러운 불행만이 두 사람을 가깝게 이어 준다. 운명이나 섭리, 신 같은 것들이 두 형제를 엮어 주는 것일까?

최근에 철학에 심취하게 된 시메옹은 간호사에게 팔을 맡기고 스스로에게 질문을 던지고 있었다. 바로 그때 비명 소리가 들렸다. 그리고 무언가 바닥에 떨어져 깨지는 소리가 들렸다. 바르가 주사기에 담긴 피를 보고 기절한 것이다.

"결과는 내일 저녁때 나올 거예요. 괜찮으세요?"

검사실 직원이 물었다. 걱정이 가득 담긴 이 질문은 당연히 바르에 대한 것이었다.

시메옹은 바르에게 어떤 상황에서든 모든 관심을 자신에게 돌리는 신통방통한 재주가 있다는 사실이 재미있게 느껴졌다. 돌아오는 길에 바르는 무의식적으로 라디오를 켰다. 부기우기 멜로디가 차 안을 채우자 그는 운전대를 두드리며 리듬을 탔다.

"아빠도 비슷한 멜로디를 연주하곤 했어."

시메옹이 침울한 목소리로 말했다.

"아빠?"

바르가 물었다.

"그러니까 그게……."

"형의 아빠. 내 아빠이기도 하지. 아빠가 작곡가였다는 건 알지?"

바르는 처음으로 시메옹이 아버지에 대해 잘 알고 있으며, 또렷한 추억을 가지고 있을지 모른다는 생각을 하게 되었다. 그러자 마치 자신의 출생에 대한 비밀을 동생에게 들키기라도 한 것처럼 불편해졌다.

"아빠가 떠났을 때 형은 아주 어렸지?"

시메옹이 물었다.

"아마 몇 센티미터밖에 안 됐을걸."

"태어나기도 전이야?"

바르는 확인해 줄 필요가 없다고 생각했다. 조르주 모를르방은 임신한 여자를 버렸다. 어머니에게는 비극, 바르텔레미에게는 모욕이었다. 자신을 원하지 않은 남자. 바르는 그 남자를 증오한다.

"형은 아빠를 닮았어."

시메옹이 말했다.

부기우기가 울려 퍼지는 분위기 속에서 단어와 이미지들이 떠올랐다. 잠자리에 들 때 마르크스의 『자본론』을 읽어 주던 아버지, 아기에게 어른 숟가락으로 이유식을 먹이던 아버지, 한밤중에 피아노를 연주하던 아버지, 베란다 난간에 서서 아슬아슬하게 균형을 잡으며 걷던 아버지, 곡예사, 변덕스러운 사람. 시메옹은 말을 시작했다. 그리고 이야기했다. 아버지가 집에 들어오지 않을 때면 엄마는 울었다.

"형은 아빠랑 눈이 꼭 닮았어. 그렇지만 아빠는 나처럼 근시였어."

시메옹은 앞에 놓인 길을 바라보며 말을 이었다. 재즈 음악을 배경으로 이 신비스러운 남자에 대해 이야기할 수 있어서 기뻤다. 시메옹이 고개를 돌려 흘긋 옆을 보았다면 바르가 턱에 경련을 일으키며 운전대를 부여잡고 있다는 사실을 알아보았을 것이다.

"그만해!"

결국 바르는 소리쳤다.

"그렇지만······."

"그만하지 않으면 죽여 버릴 거야!"

라라 크로프트의 총으로 유령도 죽이고 네 추억도 죽일 거야.

바르는 운전대에서 손을 떼고 총을 겨누는 동작을 해 보였다.

"멍청한 짓 하지 마!"

시메옹이 소리쳤다.

타이어에서 끼익 소리가 났다. 하마터면 사고가 날 뻔했다.

"모를르방 형제, 자동차 사고로 사망하다."

바르가 신문 기사를 읽는 투로 말했다.

"너 모를르방 아빠가 우리 장례식에 올 것 같니?"

"형은 아직 아빠가 살아 있다고 생각해?"

"내가 그를 없애 버리지 않는 한은."

바르가 중얼거렸다.


그 월요일에 후견 담당 판사는 모를르방 아이들과 관련해 또 다시 심각한 문제를 맞닥뜨렸다. 물론 시메옹이 수요일에 입원해야 한다는 사실은 아직 알지 못했다. 판사를 당혹스럽게 한 것은 바로 조지안의 전화였다. 그녀는 막내 브니즈가 바르텔레미 때문에 심한 충격을 받은 것 같다고 말했다.

"충격이요?"

로랑스가 되물었다.

"바르가 아마 집에서 발가벗고 다니는 습관이 있나 봐요. 다른 이유라면 알고 싶지도 않아요."

브니즈는 그저 장난스럽게 바르의 '고추' 이야기를 했을 뿐인데 조지안은 어린 동생이 '충격'을 받았다고 전하기로 마음 먹었다. 판사에게 무언가 조치를 취하도록 하고, 바르가 아이들을 집에 부르지 못하도록 해야 했다.

"이따가 모를르방 씨를 만나기로 했으니까 그때 그 문제를 거론해 볼게요."

판사가 대답했다.

조지안은 판사가 바르텔레미 대신 '모를르방 씨'라고 부르는 것이 만족스러웠다. 그게 훨씬 적절한 표현이다.

바르텔레미의 집 초인종을 누르자 놀랍게도 낯선 여인이 판사를 맞이했다.

"아이들 일로 바르를 보러 오셨죠?"

에메가 잘 알고 있다는 듯이 물었다.

"들어오세요, 바르는 거실에 있어요."

바르텔레미는 급하게 콘솔을 끄고 얼른 일간지 〈르 피가로〉의 광고 면을 폈다. 그는 자신이 정상적인 인간의 전형이라는 생각이 들었다.

"일자리를 찾고 있어요."

바르가 일어서며 말했다.

"어서 오세요. 에메 아시죠? 모르시나?"

바르가 뜻밖이라는 표정을 지으며 말을 이었다.

"자기, 커피 좀 갖다 줄래요?"

하마터면 그는 '수면제는 넣지 말아요.' 하고 말할 뻔했다.

판사는 어리둥절했다. 저 여자는 왜 여기 와 있을까? 바르텔레미보다 나이가 훨씬 많아 보이는 데다가 가까이서 보니 얼굴이 상한 것처럼 보였다. 더 가까이에서 보니 광대뼈에 아직 아물지 않은 상처가 있고 아랫입술이 부풀어 올라 있었다.

"계단에서 넘어졌어요."

에메가 손으로 얼굴을 가리며 변명하듯 이야기했다.

'맞고 사는 여자들이 늘 하는 말이지.'

판사는 속으로 생각했다.

"진지하게 할 말이 있어요, 모를르방 씨."

판사가 근엄하게 말했다.

그러자 바르텔레미가 에메를 돌아보았다.

"미안하지만, 자기! 잠시 자리 좀 비켜 줘요. 알겠지, 자기야?"

에메가 한숨을 쉬면서 고개를 저었다. 바르가 정상적으로 보이려 하면 할수록 비정상적으로 보였다. 둘만 남게 되자 바르텔레미는 판사에게 다가갔다. 안타깝게도 판사에게는 만지작거릴 셔츠 깃이 없었다. 판사는 목이 훤히 드러나고 가슴골까지 깊게 파인 브이넥 스웨터를 입고 있었다.

"모를르방 씨, 물어볼 게 있어요. 그게 좀……."

판사는 말을 꺼내기가 난감했다.

"그러니까…… 브니즈가 당신을 비난……."

내용이 무엇인지는 몰라도 사랑스러운 막내가 자신을 비난했다는 사실에 바르의 눈이 휘둥그레졌다.

"그러니까…… 그 애 말이…… 말하자면……."

판사가 계속 말을 더듬었다.

"그 애한테…… 당신이 보여 준 게…… 혹시 당신, 나체주의자인가요?"

"무슨 말인지 통 모르겠어요."

바르가 중얼거렸다.

"브니즈가 조지안 모를르방 씨에게 당신 고추를 봤다고 말했대요."

판사는 길게 한숨을 내쉬었다. 바르는 어깨를 으쓱하면서 뭘 그리 어렵게 말 하냐는 듯이 말했다.

"네, 봤어요."

"그래요? 인정하시는군요."

판사의 말에 바르는 얼굴이 일그러졌다. 그제야 판사가 왜 그토록 어렵게 말을 꺼냈는지 이해한 것이다.

"오, 보이! 내가 막 샤워하려던 참에 막내가 방에 들어온 거예요. 내 방문은 잠기지가 않아요."

당황한 그는 억울함을 호소했다.

"어쨌든…… 고의가 아니었어요. 제 말 믿으시죠? 시메옹한테
한번 물어보세요. 그 애도 거기 있었으니까."

"아, 시메옹도 같이 있었나요?"

"모르간도요. 애들이 전부 내 방에 들어왔다니까요. 오, 보이!
난 그냥 샤워하려던 참이었는데……."

바르는 금방이라도 울음을 터뜨릴 것 같았다.

"제가 결점투성이죠? 그래서 아이들의 후견을 맡기고 싶지 않으
신 거죠? 당신의 속셈을 알겠어요."

"속셈 같은 거 없어요. 그저 당신 누이가……."

"누구요? 브니즈? 조지안?"

판사는 현기증을 느꼈다. 해질 무렵의 저혈당 증세, 진작 초콜
릿 한 판을 깨물어 먹었어야 했다.

"잠깐만요, 좀 앉아야겠어요."

판사가 중얼거렸다.

"임신인가요? 아니면 백혈병?"

바르가 투덜거렸다.

"그건 또 무슨 소리죠?"

판사는 혼란스러웠다.

"아, 아무것도 아니에요."

바르가 건성으로 대답했다.

"에메는 임신했고, 시메옹은 백혈병이 걸렸어요."

"시메옹이 뭐라구요?"

놀란 판사가 되물었다.

"모르셨어요? 하긴 우리도 토요일에 처음 알았어요."

바르가 시큰둥하게 대답했다.

"당신 정말 아무 생각이 없군요!"

판사가 불같이 화를 냈다.

"내 주치의 샬롱 박사에게 물어보세요. 이것도 샤워 이야기처럼 진짜예요. 전 사실만 이야기해요."

가책을 느낀 바르가 바로 정정했다.

"에메 이야기는 빼고. 임신한 건 사실이지만 내 아이는 아니에요."

"잠깐, 실례할게요."

로랑스 판사가 말했다.

그녀는 가방을 열고 초콜릿을 꺼내 난생 처음으로 다른 사람 앞에서 자신의 유별난 기호를 탐닉했다. 바르텔레미는 그런 판사의 행동을 흥미롭게 바라보았다.

"나도 다크초콜릿만 먹어요."

바르도 초콜릿이 먹고 싶어졌다.

"드실래요?"

판사가 초콜릿 두 조각을 자르며 물었다.

"좋은 초콜릿이네요."

바르가 포장지를 가리키며 말했다.

"그럼 다시 하던 이야기로 돌아가 볼까요?"

평온을 되찾은 판사가 말을 이었다.

"브니즈가……."

"노크를 하지 않고 내 방에 들어왔어요."

"에메는……."

"윗집에 사는 이웃이에요."

"그런데 왜 '자기'라고 불렀어요?"

로랑스가 미심쩍어했다.

"정상처럼 보이려고요."

판사는 남은 초콜릿을 마저 다 먹어야겠다고 생각했다. 그리고 다시 물었다.

"시메옹은요?"

"백혈병이에요."

"오, 하느님!"

입안이 가득 차 신을 찾기가 쉽지 않았다.

"처음 들을 때는 충격이 커요."

바르가 진정시키듯 말을 이었다.

"단어를 계속해서 반복해야 해요. 백혈병, 백혈병, 백혈병. 그럼 익숙해져요."

로랑스는 뇌가 갈피를 못 잡고 표류하는 것처럼 느껴졌다. 바르는 그녀를 위로하기 위해 손가락 끝으로 브이넥 라인을 따라 내려가기 시작했다.

"인생이 원래 그렇죠."

판사가 바르의 손을 찰싹 때렸다. 바르에게 정상적인 삶은 아무런 쓸모가 없었다.

# 08
## 의료진의 도움을 구하다

브니즈가 도로테 샤피로에게 물었다.

"나 여기 왜 왔어?"

"이야기하려고. 하고 싶은 이야기를 해 줘. 그림 그리는 게 좋으면 그림을 그려도 되고 만들기를 해도 돼. 인형 놀이도 괜찮고. 하고 싶은 대로 하면 돼."

심리치료사가 대답했다.

"난 그림 그리는 게 좋아."

심리치료사는 어린 소녀에게 흰 종이와 색연필을 내밀었다.

"뭘 그릴까?"

학교와 혼동한 브니즈가 물었다.

"그리고 싶은 걸 그리면 돼."

"난 악마를 잘 그려."

아이가 말했다.

"악마?"

도로테 샤피로는 어린 환자들이 하는 이야기에 대해 함부로 대꾸하는 것을 삼갔다. 그 대신 아이가 한 말을 반복하며 되묻곤 했다.

"시메옹 오빠가 괴롭히면 악마를 그려 줘."

브니즈는 뿔이 난 꼬마를 그리며 대답했다.

"그리고 '시메옹 바로'라고 쓸 때도 있어."

"시메옹 바보?"

브니즈는 여자아이들이 '나쁜 말'을 했다고 생각할 때 그러듯이 히죽거리며 웃었다. 아이는 악마를 그리고 나서 그 아래에 '시메옹 게이'라고 썼다.

"시메옹 게이?"

도로테가 큰 목소리로 읽었다.

"바보랑 비슷한 거야."

"그래?"

소녀는 다섯 살 아이의 직감에 따라 문제로 직행했다. 심리치료사는 아이를 직접 만나기에 앞서 조지안 모를르방과 면담을 하며, 브니즈의 후견인이 될 가능성이 큰 게이 이복 남동생에 대해 오랫

동안 이야기를 나누었다.

"바르텔레미에게도 악마를 그려 줘?"

도로테가 순수한 표정으로 물었다.

"아니! 하트!"

브니즈가 성을 냈다.

"하트?"

"세 개! 왜냐하면 오빠는 엄청 좋으니까. 조로랑 똑같이 세 개
야."

"조로랑 똑같다고?"

"응. 나는 커서 조로 아니면 바르랑 결혼할 거야."

"바르랑 결혼한다고?"

브니즈는 조금 낙담한 표정을 지었다.

"응, 알아. 오빠랑은 결혼할 수 없지. 그렇지만 바르는 너무 잘
생겼어."

"너무 잘생겼어?"

도로테가 놀라는 척하며 물었다.

"오빠를 그려 줄까?"

"그리고 싶은 건 다 그려도 돼."

심리치료사가 다시 한번 말했다.

"다 벗은 걸 그려, 옷 입은 걸 그려?"

도로테는 웃음을 참기가 어려웠다. 소녀는 조지안 모를르방이 무엇 때문에 불안해하는지, 자신이 왜 여기 와 있는지 완벽하게 알고 있었다.

　"하고 싶은 대로 해."

　도로테가 반복해서 일러 주었다.

　아이는 망설이는 듯했다. 그리고 포기하는 듯 입을 삐죽 내밀었다.

　"잘 못 봐서 옷 벗고 있는 모습은 잘 못 그리겠어. 오빠가 '훠이'라고 했거든."

　"'훠이'라고?"

　"나를 방에서 내보내려고. 오빠가 싫어했어. 내가 노크를 안 했거든."

　"그렇구나."

　도로테는 아이의 무의식적인 처세에 감탄하며 결론을 지었다.

　브니즈의 상황은 전혀 걱정할 게 아니었다. 바르도 노출증 환자가 아니었다. 브니즈는 다섯 살 난 아이다운 호기심을 갖고 있을 뿐이다. 아이는 왕관을 쓴 몹시 잘생긴 바르텔레미를 그려 주었다.

　"동화 속 왕자님이네?"

　심리치료사는 이 말을 건넬 수밖에 없었다.

　브니즈는 고개를 저었다.

"동방박사야. 나에게 선물을 주거든."

"선물?"

아이는 심리치료사를 향해 장난스러운 미소를 지었다.

"귀고리를 받았어."

마지막으로 브니즈는 모를르방 가족들을 그리면서 숫자를 셌다. 이번에는 일곱 명이었다. 바르, 조지안, 시메옹, 모르간, 브니즈, 아빠 그리고 하늘에 있는 엄마까지 모두 가족에 합류했다.

심리치료사는 브니즈가 '조숙한 아이'라고 기록했다. '자신만의 방식대로 엄마를 추모하는 중이며, 성적 호기심 역시 나이에 맞게 정상적인 수준.'

조지안은 도로테에게 질문을 퍼부었다. 그녀는 (그렇다고 밝히지는 않았지만) 상담 상황에 대해 자세히 듣고 싶어 했고 가능하다면 바르텔레미에 대한 구체적인 비난을 듣고 싶어 했다. 하지만 도로테는 그런 의도에서 비껴나, 어린 환자를 배신하지 않았다.

"브니즈는 큰오빠를 계속 만나도 돼요. 문제가 없으니까요."

이렇게 간단히 결론지었다.

"하지만 후견은? 판사가 바르텔레미에게 후견을 맡겨선 절대 안 돼요. 동성애자니까!"

조지안이 소리를 질렀다.

심리치료사는 만약 모를르방 가족에게 문제가 있다면 그것은 조지안과 바르텔레미의 관계일 것이라고 생각했다. 두 사람은 아이들을 차지하려고 싸우고 있었다.

하지만 심리치료사는 조지안을 직접적으로 비난해서 기분을 상하게 하고 싶지 않았다. 무엇보다도 도로테는 바르텔레미를 본 적이 없다.

"브니즈는 심리 치료를 시작하는 게 좋겠어요. 끔찍한 일을 겪었으니까요. 그렇지만 가족 치료도 병행해야 할 거예요. 남동생과 당신, 그리고 가족 모두가 함께 현재 상황을 명확하게 정리해 볼 필요가 있어요."

심리치료사는 다른 사람의 마음은 쉽게 읽어 내지만 자신의 마음은 잘 표현하지 못한다.

"가족 치료라뇨? 전 아무 문제 없어요. 어쨌든 말씀 고맙습니다."

그날 저녁, 조지안의 남편은 길고 긴 불평을 들어야만 했다. 심리치료사들은 아주 대단해! 있지도 않은 문제를 만들어 낸다니까. 그러면서 건들거리고 귀를 뚫고 어린 여자애한테 남자 인형을 선물하고 여자애들 앞에서 다 벗고 돌아다니는 남자에 대해 일러 줘도 뭐가 문제인지 모르지.

바르텔레미는 자신이 심리치료사의 연구 대상이 되었다는 사실을 알지 못했다. 하지만 수요일 아침 생 탕트완 병원 문을 들어서면서 앞으로 힘든 시간을 겪게 되리라는 것은 확실히 이해했다.

"안내 창구에 가서 물어봐야겠어. 그…… 과가 어디에 있는지."

바르는 시메옹과 함께 있을 때는 '백혈병'이라는 말을 쉽게 꺼낼 수가 없었다.

"그럴 필요 없어."

동생이 손가락으로 '모브와쟁 교수'라고 적힌 안내판을 가리키며 말했다.

"여기야."

바르는 초조하게 시계를 보았다.

"조금 빨리 도착했어. 정원에서 조금 산책하다 들어가자."

"그냥 대기실에 있자."

시메옹이 덤덤한 말투로 말했다.

바르가 떨리는 손으로 껌을 내밀었다.

"진정해."

시메옹이 껌을 다시 바르 쪽으로 밀면서 말했다.

붉은 벽돌로 지어진 작은 건물 앞에 도착했을 때, 바르텔레미는 격렬하게 껌을 씹고 있었고 불안과 피로감에 휩싸인 시메옹은 힘 겹게 걸음을 옮기고 있었다. 젊은 간호사가 복도 끝에서 두 사람을 맞이했다.

"시메옹 모를르방 님? 금방 교수님을 뵐 수 있을 거예요. 두 분다 앉아 계세요."

사실 대기실이랄 것도 없었다. 반원형으로 놓인 의자 몇 개와 작년에 출간된 잡지 세 권이 전부였다.

"냄새 한번 고약하네. 토할 것 같아."

바르가 투덜댔다. 병원 냄새였다. 괜히 하루 종일 사람을 우울하게 만드는 소독약 냄새가 났다.

"진정해."

시메옹이 다시 말했다.

교수는 정시에 도착했다. 니콜라 모브와쟁 박사는 마흔 살쯤 되어 보였다. 일을 안 할 때는 십 년은 더 젊어 보이다가도, 병실을 나설 때면 십 년은 더 늙어 보였다. 그는 일부러 성공은 불확실하고 실패는 더 끔찍한 이곳을 선택했다. 그의 환자는 모두 인생의 새벽녘을 사는 어린아이들이다.

"시메옹?"

그는 소년 앞에 서서 물었다. 그는 이미 시메옹 모를르방의 자료를 완벽하게 살펴보았다. 샬롱 박사 덕분에 시메옹이 고아이며 열네 살의 나이에 고등학교 졸업반이라는 사실도 알고 있었다. 두 형제들이 일어섰다. 모브와쟁은 형 쪽을 흘끗 보고는 건성으로 인사했다.

"난 니콜라 모브와쟁이야."

의사가 시메옹과 악수했다.

"미안하지만 십 분 있다가 다시 볼까? 급하게 전화할 곳이 있어서 말이야."

"네, 선생님. 아니, 교수님……."

시메옹은 여간해서 단어 선택을 할 때 주저하지 않는다. 그 정도로 의사의 인상이 강렬했다.

"환자들은 나를 니콜라라고 불러."

의사가 자신의 이름 부르는 것을 허락해 주었다.

시메옹은 모브와쟁이 보내는 신호를 즉시 이해했다. 그는 이미 교수의 환자가 된 것이다. 시메옹은 체념한 듯한 미소를 지었다. 정확히 십 분 뒤, 간호사가 두 형제들을 데리러 왔다.

모브와쟁 교수의 사무실은 병원이라는 세계 안에 있는 또 다른 세계였다. 한마디로 고급스러웠다. 바르와 시메옹은 검은색 소파에 자리를 잡았다. 의사는 두 사람을 동시에 볼 수 있도록 계절감에 맞춰 꽂은 꽃병을 옆으로 치웠다. 하지만 곧바로 시메옹에게만 관심을 집중했다.

"혈액검사 결과가 나왔는데 샬롱 박사 진단이 맞았어. 백혈병이야."

"죽는 건가요?"

시메옹이 담담한 척 물었다.

니콜라 모브와쟁은 그 질문을 옆으로 치우기라도 하듯 다시 한 번 꽃병을 옮겼다.

"그건 누구나 마찬가지야. 나도 죽고, 우리 모두 죽게 되지. 우선 지금은 너도 살아 있어."

의사는 절망할 틈을 주지 않으려는 듯 거침없이 말했다.

"시메옹, 네 혈액 속에 있는 백혈구가 정상적인 혈액 구성 성분들의 자리까지 침범하면서 산불처럼 번지고 있어. 그걸 막을 방법을 찾아야 해. 그러려면 네가 도와줘야 해."

의사가 눈빛으로 묻자 시메옹이 천천히 눈을 깔며 고개를 끄덕였다.

"목표를 정하자. 너와 나는 그 목표를 함께 이룰 거야."

모브와쟁은 언제나 이 방법을 썼다. 예를 들어 어린 환자들은 집에서 크리스마스를 보낸다든가 하는 목표를 정했다. 교수가 달성 가능한 목표라고 판단하면 병동 전체가 그 목표를 달성하기 위해 온 힘을 다해 아이를 도왔다.

"특별히 이루고 싶은 목표가 있니?"

모브와쟁이 물었다.

"대학입학자격시험을 치르고 싶어요."

시메옹이 주저 없이 대답했다.

"좋아, 지금은 이월이고 시험은 유월 말이지? 그럼 우리한테 남은 시간은…… 오 개월 정도구나."

의사는 얼굴을 살짝 찡그리며 상황을 가늠해 보았다. 그의 수중에는 아직 시메옹이 병을 이겨 낼 가능성을 가늠할 만한 자료가 없었다. 그는 정신 사납게 껌을 씹으며 거슬리게 하는 청년에게 눈길을 돌렸다. 그 눈길에 돌처럼 굳어진 바르는 껌을 입천장에 납작 붙였다.

"시메옹의 이복형이죠?"

"넹."

혀가 붙어서 말하기가 어렵다.

"동생을 도와줄 수 있죠? 시메옹이 성적을 유지할 수 있도록 과제를 병원에 갖다준다거나?"

바르의 눈이 휘둥그레졌다.

"천재는 저 애예요."

그가 시메옹을 가리키며 말했다.

모브와쟁 교수는 못마땅한 얼굴로 다시 의자 깊숙이 몸을 기댔다. 그러고는 코끝에 안경을 걸친 채 바르의 얼굴을 뚫어지게 보았다. 바르의 얼굴이 붉어지자 의사는 안경을 벗었다. 관찰 시간은 고작 이삼 초 남짓이었다. 바르는 자신이 안경처럼 벗겨진 느낌이었다.

"좋아."

모브와쟁은 더 이상 바르를 신경 쓰지 않기로 했다.

"당장 입원해서 골수 검사를 할 거야. 치료는 내일부터 시작하고. 방법은 그때 가서 자세히 설명해 줄게. 네 방에 팀원들이 모여서 너의 상태를 보고 유월에 있을 대입자격시험에 도전할 수 있을지 결정하게 될 거야."

시메옹은 의사에게 매료된 듯이 미소를 지었다. 의사 역시 병원에서 '파우와우'를 소집하고 있었다.

"당장 죽는 건 아니죠?"

시메옹이 장난스러운 말투로 물었다.

"살고 싶니?"

모브와쟁이 시험하듯 물었다.

"네."

"몇 살까지?"

"여든아홉 살이요."

"겨우? 좀 더 야망이 있는 애인 줄 알았더니."

두 사람 모두 웃었다. 간호사가 시메옹을 2층 117호실로 데려가자 시메옹은 완전히 평온을 되찾았다. 그는 옷을 벗고 사람들이 검사하러 오기를 기다리며 침대에 누웠다.

"의사 선생님은 어떤 것 같아?"

"끝내주게 섹시해."

바르가 중얼거렸다.

"형은 진짜 바보야."

바르가 눈을 감으며 말했다. 그러다 이내 다시 눈을 뜨며 덧붙였다.

"내일 내 책 갖다줄 거지? 보육원에 있는 내 여행 가방에 있어. 공책이랑 참고서, 그리고 수업 자료도. 학교에도 가 줄 거지? 교장 선생님, 필립 선생님을 만나야 해. 알겠지?"

"네, 보스."

벌써 피곤해진 바르가 대답했다.

검사를 위해 사람들이 오자 바르텔레미는 골수 검사가 어떤 것인지 궁금해졌다. 그렇지만 눈알이 또 뒤로 넘어갈 것만 같아서 질문은 그냥 덮어 두었다.

시메옹은 그럴 여유조차 없었다. 모브와쟁 교수의 젊은 팀은 지나칠 정도로 고지식한 데가 있었다. 그중 머리가 약간 벗겨진 젊은 의사가 시메옹에게 열정적인 목소리로 골수를 추출하기 위해서는 (정확히는 '송곳의 일종'인) 투관 침을 이용해 뼈에 구멍을 뚫어야 하며, 그렇게 나온 골수를 주사기로 빨아들인다고 정확히 설명했다.

"수면 마취로 하나요?"

시메옹이 물었다.

"그럴 리가."

그러면서 의사는 좋은 소식을 전해 주듯 덧붙였다.

"구멍을 뚫기 전에 크림을 발라 주는데 그게 조금 통증을 줄여 줄 거야. 그걸로 충분하지 않으면 이 마스크를 코에 대고 들이마셔. 아산화질소와 산소의 혼합물인데 효과가 제법 좋아."

사실 크림은 통증을 완화해 주지 못하고 마스크도 마찬가지라는 이야기다. 하지만 의사는 마땅히 환자를 안심시켜야 한다.

"엄마!"

T자로 생긴 바늘이 뼈를 뚫고 들어가자 시메옹이 소리쳤다. 바늘 끝에 주사기를 고정하고 골수를 빨아들일 때는 손등을 물어뜯었다.

"괜찮았어?"

간호사가 시메옹이 눕는 것을 도와줄 때 바르가 물었다.

"끝내줬어."

소년이 대답했다.

"바르 형, 나 좀 자야겠어."

바르텔레미는 무릎을 굽혀 그의 얼굴 가까이로 다가갔다.

"그래, 내일 보자. 책 가져올게."

바르가 그의 귀에 대고 속삭였다.

"감염되지 않게 조심해요."

간호사가 주의를 주었다.

"네? 감염되는 거예요?"

바르는 놀라서 뒤로 물러났다. 시메옹이 희미하게 웃었다.

"형 말고 나."

백혈병 때문에 시메옹의 면역력은 현저하게 떨어져 있었다.

"오, 보이!"

바르는 안도의 한숨을 쉬었다.


'파우와우'는 다음 날 아침 117호 병실에서 열렸다. 모브와쟁 교수와 간호사, 젊은 의사, 그리고 간호보조사가 시메옹과 함께 잠시 잡담을 나누었다.

"자!"

혼자 시계를 쳐다본 모브와쟁 교수가 말문을 열었다.

"시메옹, 우리는 네 상태에 대해 정확하게 말해 주려고 해. 너는 급성 림프구성 백혈병에 걸렸어. 의학 용어들 때문에 겁먹을 건 없어. 여기서 우리가 주로 치료하는 백혈병의 유형이고 완치율도 아주 높아. 하지만 네게 저장되어 있는 게 많지 않다는 핸디캡을 안고 출발해야 해."

"제가 너무 말라서 그런 건가요? 그게 백혈병과 관련 있는 건가요, 아니면 무관한가요?"

시메옹은 이미 간호사들을 놀라게 한 초연한 말투로 물었다.

"마른 건 네 체질이야. 그렇다고 해서 낙심할 건 없어. 말라도 저항력이 강한 사람들이 있어."

"물론이지."

친절한 간호보조사가 끼어들었다.

"우리 아들은 삐쩍 말랐는데 아픈 적이 없어. 감기도 한번 안 걸린다니까."

"고마워, 마리아."

모브와쟁이 어색한 미소를 지으며 말을 이어 갔다.

"그래서 조프레와 상의해 봤는데……."

어제 골수 검사를 하던 머리가 약간 벗겨진 젊은 의사가 시메옹을 향해 고개를 끄덕였다.

"우린 진심으로 네가 올해 대입자격시험을 치를 수 있을 거라고 생각해. 조프레와 에블린, 마리아와 나, 우리 모두 네가 유월 중순에 자리를 털고 일어날 수 있게 최선을 다할 거야."

시메옹의 눈이 눈물로 흐려졌다. 그는 이 낙관적인 말이 완치를 의미하는 게 아니라는 생각이 들었다. 모브와쟁 교수는 끝내 '치유'라는 단어를 쓰지 않았다.

"형이 이따가 책을 가져다줄 거예요."

시메옹이 말했다.

"여기에서 숙제하는 게 가능할까요?"

모브와쟁과 조프레가 눈빛을 주고받았다.

'지금 치료 부작용에 대해 말해 주어야 하나?'

"구토하는 중간에 말이에요."

시메옹이 웃으며 덧붙였다.

교수는 허락한다는 듯한 표정을 보였다.

"네가 여든아홉 살까지 못 살면 정말 안타까울 거야."

이번에는 모브와쟁 박사가 소년에게 손을 내밀었다.

"오늘 아침 회진은 빨리 끝내야 해."

그가 조프레를 돌아보며 말했다.

"필립 부모님이 교수실로 오시기로 했어."

"아, 재발한 아이 말씀하시는 거죠? 불쌍해라."

마리아가 알겠다는 듯이 끼어들었다.

"부모님께 커피를 갖다드릴까요?"

교수는 손으로 눈을 가리면서 팀 체계가 때로 끔찍이 신경을 자극한다는 생각을 했다.

"괜찮아, 마리아. 신경 써 줘서 고마워. 조프레, 자네가 시메옹에게 치료에 관해 자세히 설명해 주지?"

"알겠습니다."

언제나 열정적인 조프레가 대답했다.

항암 치료는 6주간 이어진다.

조프레는 다양한 약 이름을 대면서 신이 난 듯 목소리를 높였다. 하나같이 멋진 이름들을 갖고 있다. 그중에서도 조프레가 가장 좋아하는 약은 페리윙클 추출물인 '빈카 로제'다.

"계속 혈관주사를 맞나요?"

"맞아. 스물네 시간. 오늘 오후 두 시에 연결할 거야. 다 나으면 떼게 될 거야."

그가 웃었다. 그 단어를 말했다. 그는 젊은 의사였다. 치유를 믿고 있었다.


오후 2시, 보통은 간호사가 하는 처치지만 모브와쟁 교수가 직접 혈관주사를 꽂으러 왔다. 시메옹은 교수가 팔꿈치 안쪽 정맥에 바늘을 꽂는 것을 지켜보았다. 그는 반창고를 붙여 주사를 고정했다. 긴 줄은 액체가 든 투명한 비닐 주머니와 연결되어 있었다. 이 플라스틱 주머니는 바퀴가 달린 링거대에 걸렸다.

"주사를 계속 맞는 중에도 링거대를 밀면서 돌아다닐 수 있어. 여전히 자율성을 보장받을 수 있지."

시메옹은 나쁜 세포들을 파괴해 줄 약물이 들어 있는 주머니를 다정하게 바라보았다.

"'빈카 로제'가 들어 있나요?"

시메옹이 물었다.

"귀여운 페리윙클? 그래, 저 안에 있어. 보이지?"

이번에는 니콜라가 주머니를 쳐다보며 답했다.

"제 여동생 눈이 페리윙클 같아요."

"너희 형도 그래. 오늘 형이 네 책을 갖다주러 오지 않니?"

"네. 이제 곧 오겠죠."

하지만 바르는 늦었다. 아주 많이. 바르는 다섯 시에도 나타나지 않았다. 시메옹에게는 그 사실이 관자놀이를 두드리는 두통보다 더 극심한 고통이었다. 치료 첫날부터 벌써 어물쩍거리니 진짜싸워야 할 때는 어떻겠는가? 바르가 117호 문을 열고 들어온 건여섯 시가 넘어서였다.

"시계 봤어?"

상처 받은 시메옹이 쏘아붙였다.

"너는 교장 봤어?"

바르가 커다란 책 보따리 두 개를 내려놓으며 짜증을 냈다. 생트 클로틸드 고등학교 교장 선생님은 그에게 여러 가지 잔소리와조언을 늘어놓았다.

"네 백혈병에는 관심도 없어. 교장에게 중요한 건 오직 네가 우수한 성적으로 대입자격시험에 합격하는 것뿐이야."

"교장 선생님 말이 맞아."

시메옹이 평온하게 대답했다.

"동생들은 어떻게 지내? 소식 들었어?"

"그럼!"

바르가 짜증을 부리며 대답했다.

"대박 소식이야. 모르간이 폴리 어쩌고 보육원 방에 혼자 처박혀서 나오질 않는대. 먹지도 않고. 사회복지사랑 통화했어. 나 그여자 때문에 진짜 열 받아!"

베네딕트는 어떻게 어린 모르간을 혼자 내버려 둘 수 있느냐며 바르를 나무랐다.

"브니즈는 내가 예상했던 대로야. 조지안이 유괴해서 다시는 돌려보내 주지 않을 거래. 판사랑 통화했어. 조지안이 말하기로는 브니즈가 너무 혼란스러워서 심리 치료를 받아야 한대. 분명히 내 잘못인 거겠지. 모든 게 다 내 잘못이야. 그게 기본이거든."

바르는 극도로 예민해져 있었다. 그는 자신이 박해받고, 이해받지 못하며, 이용당하기만 한다고 느꼈다.

"나한테 너와 동생들을 돌보라고 하다니 친절하기도 하지. 그런다고 돈을 받는 것도 아니야. 나는 직업도 없는데 말이야. 대체 뭘해야 하지? 몸을 팔아?"

"소리 지르지 마, 형."

시메옹이 고통스러운 듯 눈을 질끈 감으며 애원했다.

"알겠어, 꺼져 줄게."

"그런 뜻이 아니야."

절망적인 상황에 놓인 동생이 더듬거렸다.

바르는 어쩔 줄 모르고 가만히 서 있었다. 그의 눈이 링거로 향했다.

"이게 뭐야?"

"혈관주사."

시메옹은 이불을 걷어서 팔 안쪽을 보여 주었다. 바르는 반창고 아래에서 나오는 긴 줄을 보았다. 그의 얼굴이 창백해졌다.

"빨리 가려. 토할 것 같아."

그는 의자에 주저앉았다.

"정말 생지옥이군!"

바르가 한숨을 내쉬었다.

첫 번째 책 보따리에서 방금 사 온 잡지를 한 권 꺼냈다.

"추리물이네."

시메옹이 형의 독서 취향에 놀라며 물었다.

"무협지가 다 나갔대. 그래, 나 바보다! 네가 말 안 해도 다 알아."

바르는 껌을 씹으며 마치 데카르트라도 읽는 듯 집중한 표정으로 만화를 보기 시작했다.

"『방법서설』좀 꺼내 줄래?"

바르는 중요한 일을 방해 받기라도 한 듯이 분노의 한숨을 쉬었다. 그는 과제물과 수업 자료를 엉망으로 만들며 가방을 뒤지기 시작했다. 시메옹은 모로 누워서 절망감에 휩싸인 채 아무 말 없이 형의 행동을 바라보았다.

"방법…… 자, 여기. 얇네. 무슨 책이야?"

"방법과 서설."

시메옹이 똑바로 누우려 애쓰며 농담을 건넸다.

이리저리 몸을 움직이던 시메옹은 주사에서 피가 솟을까 봐 두려워졌다.

"형…… 나 좀 일으켜 줄래?"

"미치겠네! 이러다 한 장도 못 읽겠다."

투덜대던 바르가 침대에 한쪽 무릎을 대고 어설프게 동생의 겨드랑이 아래로 손을 넣어 잡아당겼다. 겨우 몸을 일으킨 시메옹은 그 간단한 시도에도 탈진하여 베개에 머리를 떨구었다. 바르는 결국 보고 싶지 않던 모습을 보고 말았다. 온 힘을 다해 삶에 매달리는 열네 살 소년의 모습을. 그는 침대 끝에 앉아 동생의 이마에 자신의 이마를 맞댔다.

"내가 너무 고약하게 굴었지?"

바르가 나지막이 말했다.

"불안해서 그래. 솔직히 너무 무서워. 설마 날 원망하는 건 아니지?"

시메옹은 감정이 너무 벅차올라서 대답조차 할 수 없었다.

잠시 후 두 사람은 해 질 무렵 병원의 고요한 정적 속에서 책을 읽고 있었다. 저녁 6시 30분에 마리아가 저녁 식사를 가져왔다. 채소 수프와 바스크식 닭 요리, 캐러멜 타르트였다. 시메옹은 먹어 보려 애썼지만, 구역질이 나서 숟가락을 내려놓았다.

"맛없어?"

바르가 물었다.

시메옹이 희미한 미소를 지어 보이려 했지만 그 미소는 이내 경련으로 변했다.

"형!"

"응?"

"배가 아파."

형은 가만히 멈춰 서 있었다. 시메옹의 얼굴이 창백했다.

"아파."

시메옹이 웅얼거렸다.

바르는 복도로 뛰어나갔다. 아무도 없었다.

"여기요!"

바르가 소리쳤다.

아무도 없었다. 문들은 굳게 닫혀 있었다. 115호. 116호. 바르가 소리쳤다.

"도와주세요!"

그때 문 하나가 열렸다. 모브와쟁 교수였다.

"무슨…… 아, 당신?"

"아니, 시메옹이요. 시메옹이 죽을 것 같아요."

바르는 아무렇게나 내뱉었다. 의사는 117호실로 서둘러 달려갔다. 시메옹이 구토를 하고 있었다. 구토가 끝나자 모브와쟁은 바르텔레미에게 가까이 오라는 눈짓을 했다.

"당신 덕에 나는 지금 간호보조사가 하는 일을 했어요."

모브와쟁은 감정을 차분하게 다스리며 말을 이어 갔다.

"시메옹에게 문제가 있으면 침대 머리맡에 있는 이 버튼을 눌러요. 간호보조사가 올 때까지 그릇을 대 주거나 토할 동안 잘 잡아 주면 돼요."

바르는 어쩔 수 없다는 듯 그의 조언을 거부했다.

"안 돼요, 그건. 난 못 해요."

니콜라는 화가 나서 콧구멍이 벌름거렸다.

"못 한다고요?"

그가 다시 한번 분노를 억누르며 날카롭게 물었다.

"네, 못 해요. 욕해도 어쩔 수 없어요."

운명론자인 바르가 응수했다.

## 09
## 타프나드를 좋아하세요?

시메옹 없는 모르간은 소녀의 형상을 한 그림자 같았다. 그날 아침 학교에서는 0점을 받았다. 모르간은 보육원의 작은 방에 혼자 남아 가방에서 소지품을 꺼냈다. 시험지가 손에 잡혔다. '어머니 사인 받아 와.' 선생님이 말했다. 선생님은 모르간이 고아가 된 사실을 알지 못했다. 모르간도 말하지 않았고, 사회복지사는 모르간의 학교에 알리는 것을 잊어버렸다. 사실 사람들은 모르간의 존재 자체를 거의 잊고 있었다.

"대체 무슨 일이야? 수업 시간에 잘 안 들었어? 봐, 특산은 만점이야."

사실은 반에서 1등을 도맡아 하는 못난이 모르간을 별로 좋아하지 않는 담임 선생님이 물었다.

이제 이 0점 시험지에 사인을 받아야 한다. 하지만 누구한테? 모르간은 사회복지사의 번호를 모른다. 동생을 데려간 조지안은 어디에 사는지도 모른다. 시메옹은 생 탕트완 병원에 있었다. 그럼 이 병원은 어디지? 그리고 바르텔레미는? 바람처럼 떠도는 사람을 찾을 수 있긴 할까.

결국, 모르간은 엄마의 사인을 흉내 낼 수밖에 없다는 결론을 내렸다. 범죄일지도 모르지만 선택의 여지가 없다. 베낄 만한 사인이 남아 있을까? 모르간은 책가방을 뒤져 예전에 엄마가 담임 선생님에게 썼던 편지를 찾아냈다. 선생님이 편지를 읽어 보고 다시 돌려준 것이었다.

'제 딸아이 모르간 모를르방이 10월 19일 화요일 수영 수업에 빠져야 할 것 같습니다. 모르간은 코와 목에 염증이 심해 기침을 많이 합니다. 항상 감사합니다.'

그리고 '카트린 뒤푸르'라는 이름으로 서명이 되어 있었다. 이 짤막하고 평범한 몇 글자, 감기에 걸린 딸에 대해 쓴 메모를 읽으며 모르간은 심장이 멎는 줄 알았다. 정말 얼마 되지 않은 일 같다. 바로 어제 일만 같다. 글자들이 아직도 살아 있는 것 같다. 모르간은 잠에서 깬 어린아이처럼 주위를 둘러봤다. 그리고 다시 0점짜리 시험지를 봤다. '어머니 사인 받아 와.' 모르간은 몽유병 환자처럼 펜을 잡고 별로 떨지도 않고 엄마의 사인을 베꼈다.

"까꿍!"

바르였다. 모르간은 부끄럽기도 하고 죄책감도 들어 얼른 시험지를 뒤집었다. 그러고는 애원하는 듯 두 손을 모으고 일어났다.

"무슨 일이야?"

영문을 모르는 바르가 놀라서 물었다.

"나 나쁜 짓을 저질렀어."

아이가 고백했다. 그리고 몸에 비해 너무나 큰 소리로 울음을 터뜨렸다.

"무슨 일을 했는데 그래? 그만 울어!"

모르간은 딸꾹질을 했다.

"나는…… 나는……."

그 뒷말이 나오지 않았다. 바르는 어떻게 해서든 모르간의 이야기를 듣고 싶었다.

"내가 빠…… 빵…… 점을 받았어."

"저런!"

바르가 충격을 받은 척하며 말했다.

"못생긴 데다 바보까지 되었다니……."

바르는 침대에 앉았다.

"그만 울어! 난 빵점 많이 맞았어. 아니, 빵점밖에 없었어. 그래도 날 봐. 멍청해도 잘생긴 멋진 어른이 되었잖아."

"그것보다…… 더 큰…… 잘못도 했어."

모르간이 계속 훌쩍였다.

"다른 건 뭐야? 네 친구에게 들이대는 남자애를 고자로 만들기라도 했어?"

모르간은 고개를 저었다. 아니야, 그런 게 아니야. 바르는 아이의 팔을 잡아 힘 있게 끌어 당겼다.

"이리 와, 못난아."

바르는 모르간을 무릎에 앉혔다.

"자, 이제 말해 봐. 나는 나쁜 짓 이야기를 좋아해."

"내가 사인했어."

"사인을 했다고?"

"0점 시험지에."

그때까지만 해도 이해하지 못하던 바르의 얼굴이 밝아졌다.

"오, 보이! 괜찮아, 난 늘 그렇게 했는걸. 빵점 시험지나 반성문, 성적표, 결석 사유서 다 내가 직접 사인했어. 커닝도 하고, 선생님한테 거짓말도 하고, 뒤집어씌워서 나 대신 다른 애들이 벌 받게 만들기도 하고."

모르간은 울음을 멈추었다. 바르에 비하면 자신의 범죄 행각은 정말 보잘것없었다.

"그렇지만 시메옹 오빠에게는 내가 사인했다는 이야기 하면 안 돼, 알겠지?"

"내가 그 정도로 이상한 사람은 아니야. 그거 말고 다른 일은 없어?"

"이것 봐."

모르간이 감옥처럼 좁은 벽으로 둘러싸인 방을 가리키며 말했다.

"어떨 때는 엄마처럼 그냥 죽어 버리고 싶어."

바르는 사회복지사가 모르간을 위해 또 다른 해결책을 알아보고 있다는 것을 알고 있다. 어쩌면 조지안이 이 아이도 받아 줄지 모른다. 그럼 후견인이 될 가능성이 더 커지니까.

"나랑 같이 가자."

바르가 모르간을 내려놓으며 말했다.

"어디로?"

"우리 집."

"정말?"

모르간은 믿을 수가 없었다. 그렇다면 모르간이 잘못 본 게 아니란 말인가? 수평선 언저리에서 춤을 추던 작은 돛단배, 그 멋진 큰오빠가 정말로 있었단 말인가?

"잠깐! 흥분하지 마."

바르가 경고했다.

"나는 성질이 안 좋고 내가 어제 뭘 마셔서 그런 건지는 모르겠지만 타프나드를 이 주치나 만들었어. 네가 먹어 줘야 해."

바르는 모르간의 소지품을 모아 가방 두 개에 쑤셔 넣었다. 그리고 자신이 하려는 일이 얼마나 심각한 일인지 알지 못한 채, 여동생을 납치해 갔다.

저녁 7시 30분경, 사무실에 혼자 남아서 야근을 하던 후견인 담당 판사는 사회복지사로부터 끔찍한 전화 한 통을 받았다.

"모르간이 가출했어요!"

"아, 그럴 줄 알았어."

스스로에게 화가 난 판사가 소리쳤다.

"우리가 모르간을 많이 못 챙겼어요."

"상황이 너무 급하게 돌아가서……."

베네딕트가 변명했다.

"조지안 모를르방에게는 소식을 알렸어요. 그런데 바르텔레미와는 연락이 안 돼요."

그때 바르와 모르간은 함께 카페에서 바나나 스플릿을 나눠 먹는 중이었기 때문이다.

"제가 집으로 가 볼게요. 아이가 밤을 안전하게 보낼 만한 곳은 거기밖에 없어요."

모르간에게 그 집은 갈 만한 곳 이상으로 편안한 안식처였다. 문을 열고 판사를 맞이한 것도 모르간이었다.

"너, 여기 있었구나?"

판사가 놀라며 말했다.

"바르랑 게임하고 있어요. 오빠가 라라 크로프트 게임 엄청 잘 해요."

판사는 청년이 또 어떤 엉뚱한 짓을 했을지 의심이 들기 시작 했다.

"자, 자, 미스 로랑스!"

바르가 손에 게임기를 들고서 판사를 맞아 주었다.

"내가 죽음의 다이빙을 얼마나 잘하는지 한번 보세요."

"대체 또 무슨 짓을 한 거죠?"

판사가 인내심을 가지고 물었다.

"왜 모르간이 이 집으로 가출했다고 보육원에 알리지 않은 거예 요?"

"가출이 아니니까요."

바르가 판사를 안심시키려 대답했다.

"내가 데려왔어요. 거긴 너무 삭막해요."

로랑스는 얼이 빠져서 그를 바라보았다.

"원장님이 경찰에 전화한 거 알아요?"

"왜요?"

바르가 드디어 화면에서 눈을 떼며 물었다.

"바르텔레미, 어린 여자애가 사라지면 다들 무척 걱정해요. 누구라도 경찰에 신고한다고요."

차분히 이야기하던 판사의 목소리가 높아졌다.

"참 너무하네."

바르가 투덜거렸다.

"또 야단맞잖아. 모르간을 돌보지 않는다고 야단맞고, 데리고 왔다고 욕을 먹고."

"도대체 당신을 이해시킬 방법이 없군요."

판사가 버럭 화를 냈다.

"아뇨, 전 완벽히 이해하고 있어요. 조지안에게 후견인을 맡기고 싶은 거잖아요!"

"그건 당신의 속단이에요."

로랑스가 반박했다.

"당연히 저는 어린 아이들 둘은 조지안에게 맡길 거예요. 당신은 책임감이라고는 없으니까."

"조지안이랑 말하는 게 똑같네요? 여자들끼리 음모를 꾸민 거야!"

바르가 소리쳤다.

모르간은 갑자기 자동차 경고음이 울리듯 울음을 터뜨렸다.

"나…… 나는…… 바르 오빠 집에 있을래요!"

판사가 아이를 달래려 황급히 대답했다.

"그럼, 아가, 울지 마. 우리는 브니즈와 너에게 가장 좋은 해결책을 찾을 거야."

"난 바르 오빠가 좋아요!"

"그래, 알겠어. 나한테 푹 빠졌구나."

바르가 팔로 모르간을 붙잡고 흔들면서 말했다.

"그렇지만 얼른 꺽꺽 소리 그치지 않으면 창문으로 던져 버릴 거야."

 모르간은 그러고도 한두 번 더 훌쩍거리더니 울음을 멈췄다.

"봤죠? 멈추게 하는 방법을 알아냈어요. 흔들어 줘야 해요."

"그럼 당신을 멈추게 하려면 어떻게 해야 하나요?"

판사가 물었다.

바르는 흥미롭게도 이 질문에 대한 답을 고민하는 듯 보였다. 그러는 동안 판사는 휴대전화로 베네딕트에게 전화를 걸었다.

"지금 바르텔레미 집에 와 있어요. 모르간은 오빠 집에 오려고 보육원을 나온 거예요."

판사는 거짓말로 바르를 감싸 주었다. 남자는 판사가 사회복지사와 통화하는 동안 살금살금 다가와 '고마워요'라며 귀에 속삭이고 목을 끌어안았다.

그렇지만 그럴 필요가 없는 일이었다. 이튿날, 베네딕트가 모르간을 조지안 모를르방에게 데려다주려고 왔다. 안과 의사가 두 자매를 자신의 집에 데리고 있겠다고 한 것이다. 그렇게 하면 후견인이 될 가능성이 높아진다는 것을 안 것이다.


바르는 모르간과 헤어진 허전함을 쉽게 잊을 수 있었다. 레오의 후임 찾기에 적극적으로 나선 것이다. 그는 몇 가지 선택 기준을 만들었다. 그중 가장 첫 번째는 '타프나드를 좋아하세요?'였다.

"일자리를 찾는 게 낫지 않겠어요?"

속옷 세일즈맨이 출장을 가 있던 어느 날 에메가 말했다.

"문제는 찾다 보면 진짜 찾아질 수도 있다는 거예요."

바르텔레미가 지적했다.

"정말 아무 일도 하고 싶지 않아요?"

에메가 걱정하며 물었다.

"전혀요. 그냥 대단한 거 말고 비디오 게임 테스터 같은 거나 하고 싶어요."

바르가 조금 더 고민하더니 이렇게 덧붙였다.

"파트타임으로요."

에메는 안타깝다는 표정을 지었다. 그녀는 바르텔레미가 진심으로 걱정됐다.

"그럼 당신, 안 좋게 변할 거예요."

바르는 재미있다는 듯 웃었다. 그리고 에메의 배를 손가락으로 가볍게 툭 쳤다.

"당신은 항아리처럼 변할 거예요. 근데 부라자 세일즈맨은 동의 했어요?"

"아직 몰라요."

에메는 몸을 부르르 떨며 팔로 자신의 몸을 감쌌다.

"이 아이를 꼭 지키고 싶어요."

바르는 찬성하지 않는다는 몸짓을 해 보였다. 실컷 두들겨 맞을 게 뻔하다.

"남편에게 맛있는 수프 만들어 주고 있죠?"

"쉿!"

전화벨이 울리자 바르가 전화기를 가리키며 에메에게 말했다.

"오늘 저녁때 만나기로 한 사람이에요."

사실은 조지안이었다.

"오, 보이! 애들이 수두라도 걸려서 나한테 도로 맡기려는 건 가?"

"애들은 아주 잘 있어. 너를 보러 가도 되냐고 묻더라. 그래서 내가 전화해 본다고 했어."

"나를 보러 온다고?"

"그래, 널 보러."

조지안이 짜증 섞인 목소리로 말했다.

"네가 아주 잘한다며? 사라인지, 클라라 로프인지……."

바르는 웃음을 터뜨렸다.

"라라 크로프트!"

조지안은 고집스러운 자신의 마음을 돌리기 위해 모르간이 경보 장치 알람음처럼 소리를 지르고 브니즈는 악마 그림을 잔뜩 그렸다는 사실은 전하지 않았다.

"오늘 저녁 6시에 데려다주고 내일 저녁 먹고 데리러 갈게. 금방 만나!"

조지안은 무의식적으로 누나의 권위가 느껴지는 말투로 말했다.

"아니…… 저……."

조지안이 일방적으로 전화를 끊어 버리자 바르는 전화기에 대고 중얼거렸다.

"오늘 약속 있단 말이야! 이 여자 완전히 돌았어."

"취소해야죠."

"드디어 운명적인 사랑을 만났단 말이에요."

절망한 바르가 대답했다.

"키가 크고 금발인 스웨덴 사람이에요. 미국인인 것 같기도 하고. 연락처도 몰라요. 뭐라고 하는지 잘 못 알아들었거든요.”

저녁 6시가 딱 되자마자 조지안은 두 소녀들을 데리고 나타났다. 브니즈는 ‘오빠, 뽀뽀!’를 외치며 바르에게 달려들었고 언니인 모르간은 아무 말 없이 두 손을 모은 채 조용히 그를 우상처럼 바라보았다. 조지안은 부당한 현실을 그 어느 때보다 더 절실히 깨달았다.

“안녕하세요, 에메!”

아이들이 거실에 있던 윗집 여자를 보고 인사했다.

조지안은 누구인지 알아볼 생각도 하지 않고 최대한 빨리 그곳을 빠져나갔다.

“우리 게임할까? 게임할 거지?”

브니즈가 물었다.

모르간은 바르의 소매를 잡아당겼다.

“오늘 시메옹 봤어?”

“응, 아주 잘 지내.”

바르는 조프레의 열정적인 말투를 흉내 내며 말했다.

“먹을 때마다 토하지만 그건 좋은 신호야. 약이 듣는다는 뜻이거든. 시메옹은 죽어 가면서 낫게 되는 거야.”

“바르!”

에메가 낮은 목소리로 바르를 나무랐다.

어린아이들은 충격에 입을 다물지 못하고 말없이 그를 바라보았다.

"그렇지만 조프레 박사가 시메옹에게 줄 물약 이름을 가르쳐 줬어. 약국에서 사면 된대."

바르는 실수를 만회해 보려고 애썼다.

"엄청 튼튼해지는 약이래. 투르 드 프랑스(프랑스 도로를 일주하는 사이클 대회) 선수들도 몰래 마시는 약이래."

브니즈는 자전거를 타고 방투 산을 오르는 시메옹을 상상하기 어려웠지만 그래도 웃음이 났다. 모르간은 계속 고개를 숙이고 있었다.

"나는……."

모르간이 고개를 들며 말했다.

"시메옹 오빠의 반쪽이야."

그녀는 왼손을 펴서 들어 올리며 이 묘한 선언을 했다.

"오빠가 보고 싶어."

사람들은 모르간에게 죽은 엄마를 보여 주지 않았다. 모르간은 살아있는 시메옹이 보고 싶었다.

"보게 될 거야."

바르가 약속했다.

"조프레 박사님에게 물어볼게."

조프레는 모브와쟁 박사보다는 덜 무서웠다. 그렇지만 그 역시 의사로서 허락해 줄지 불분명하다. 감염의 위험 때문에 백혈병 담당 병동에는 아이들의 출입이 금지되어 있었다.

저녁 7시, 마찬가지로 정시에 바르의 새 애인이 나타났다. 뻣뻣한 자세에 아직 얼굴에 여드름 자국이 남아 있는 키 큰 금발이었다.

"헬로, 잭!"

바르텔레미가 인사했다.

"이 사람은 잭이야, 얘들아. 내 친구야."

"갓 블레스 유!"

청년이 미소를 지으며 말했다.

"내 이름은 마이크라고 해."

"마이크래."

학교에서 영어를 조금 배운 모르간이 말했다.

"예스, 마이크."

마이크가 확인해 주었다.

"나 프랑스어 못해요."

"그건 진작 알고 있었어."

바르가 말했다.

남자는 낡은 가죽 가방을 들고 있었다. 그는 가방에서 형형색색의 팸플릿을 꺼내며 이야기했다.

"하느님은 모뚠 사람 사랑해요."

"까다로운 사람은 아니네."

바르가 혼잣말을 했다.

"근데 지금 뭘 하는 거야?"

마이크는 이 팸플릿을 식탁에 모여 앉아 있는 모두에게 나누어 주었다. 에메는 그중 하나를 눈으로 살펴보았다.

"모르몬교예요, 바르. 당신에게 전도하러 온 거예요."

"오, 보이! 난 이미 그렇다고 이야기해야지."

바르는 자기 가슴을 두드리며 말했다.

"아임 모르몬, 친구! 고생할 거 없어."

"모뚠 사람 형제예요. 하느님 모뚠 사람 싸랑해요."

마이크가 두 소녀들을 바라보며 말했다.

"알겠어. 근데 너 타프나드 좋아해?"

"두 유 라이크 더 타프나드?"

모르간이 통역해 주었다.

# 10
## 나누어 준다는 것은……

시메옹은 고등학교 졸업반 학생 중 인기가 좋은 편은 아니었다. 다른 곳에서와 마찬가지로 사람들은 그의 조숙함을 불편해했다. 하지만 시메옹에게 겹겹이 닥친 불행이 알려진 뒤로 반 친구들은 그가 병원에서도 공부를 이어 갈 수 있도록 도와주기로 했다. 바르는 요즘 이 정도면 천국에 갈 수도 있겠다고 확신하며 생 클로틸드 고등학교와 생 탕트완 병원을 오가는 왕복선이 되었다. 그는 선생님들에게 시메옹이 침대에서 작성한 숙제를 가져가고 다시 수업 유인물이나 친구들이 작성한 필기 자료를 시메옹에게 가져다주었다. 필립 교장 선생님이 직접 바르에게 채점을 마친 시메옹의 과제를 전해 주기도 했다.

바르텔레미는 이제 생 탕트완 병원 사람들과도 친해졌다. 그가 모브와쟁 교수의 병동에 나타나면 간호사와 간호보조사들은 장난스럽게 웃으며 '안녕, 바르?' 하고 인사한다. 건들대는 걸음걸이와 엉뚱한 행동 때문에 처음에는 비웃음을 샀지만 바르가 있는 그대로의 자신을 받아들인 것처럼 결국 모두가 그와 함께 웃게 되었다.

117호실에서는 시메옹이 형을 기다리고 있었다. 희미한 전등만이 그의 고통을 알아주는 밤에도 형을 기다렸다. 구역질이 나서 모로 누워 있을 수밖에 없는 아침에도 형을 기다렸다. 메스꺼움이 들게 하는 점심 식사 시간에도 형을 기다렸다. 바르는 늘 오후 2시에 나타났다. 바르가 텔레비전을 붙들고 있는 오후 동안에는 시메옹도 힘을 내어 공부할 수 있었다.

"채점한 과제물을 가져왔어. 나쁜 소식이야. 철학은 17점밖에 안 돼. 수학이랑 물리는 그래도 좀 낫다. 20점 만점이야."

그는 동생이 정말로 자랑스러워서 모든 의료진들이 감탄할 수 있도록 침상 위 테이블에 숙제를 올려놨다.

"그거 알아?"

바르가 자리에 앉으며 말문을 열었다.

"나 미국인 남자 친구가 생겼어. 모르몬교도야. 아마 결혼해서 아기 모르몬 교도들을 많이 만들게 될걸. 그게 그 사람들의 목표거든. 많아지는 것. 그리고 윗집 식구도 하나 더 늘 거야."

시메옹의 상태를 전혀 고려하지 않고 한 시간 내내 바보 같은 이야기를 떠들 수 있는 사람은 이 세상에서 바르텔레미 딱 한 명뿐이다.

"동생들 이야기해 줘."

시메옹이 부탁했다.

"아, 그래! 문제가 하나 생겼어. 애들에게 널 보러 오게 해 주겠다고 약속했어."

바르가 털어놓았다.

"면회는 금지되어 있잖아."

시메옹이 아쉬워하면서 말했다.

바르는 조금 뾰로통한 표정을 지었다. 그도 면회가 안 되는 건 잘 알고 있다.

"조프레를 만나 볼게."

기회가 생기자마자 바르는 조프레의 가운 깃을 붙잡았다. 젊은 의사는 바르텔레미가 그저 좀 별난 사람이라고 생각하려 애썼지만 어쩔 수 없이 몹시 거북했다.

"안 돼요, 안 됩니다. 애들이 다섯 살, 여덟 살이라면 불가능해요."

"그러지 말구요."

그의 옷깃을 펴 주며 바르가 애원했다.

"딱 오 분만요. 여동생들이 시메옹을 보고 싶어 해요. 그냥 보기만 할게요. 모브와쟁 교수님께는 비밀로 하고요. 마리아가 복도에서 망을 봐 주기로 했어요. 모브와쟁이 나타나면 휘파람으로 '안녕' 노래를 불러 주기로 했어요. 저에게 시험 삼아 불어 주기도 했어요. 휘파람을 아주 잘 불던데요. '아빠가 내게 남편을 주었네'를 불어 주었으면 좋겠는데 마리아가 그 노래를 모른대요."

완전히 얼이 빠진 조프레는 다시 한번 '안 돼요, 안 됩니다'를 연발하며 그를 밀어냈다.

"오 분이요. 딱 오 분인데 안 된다고요? 회진이 끝날 무렵 여섯 시가 제일 좋겠어요. 고마워요, 조프레!"

"그렇지만 저는……."

"이 은혜는 꼭 갚을게요. 혹시 타프나드를 좋아하면 이야기해요. 우리 집 냉장고에 많이 있으니까!"

병원을 떠나기 전, 바르는 117호실 문 사이로 고개만 내밀고 동생에게 말했다.

"해결했어."


여동생들은 몹시 흥분한 상태로 생 탕트완 병원에 도착했다. 마치 생일 파티에라도 초대 받은 것 같았다. 브니즈는 바비처럼 분홍색 옷을 차려입고 왔다. 그리고 시메옹에게 줄 하트 세 개도 그려

왔다. 모르간은 오빠가 아주 좋아하는 딸기 젤리를 가져왔다. 바르는 동생들에게 모브와쟁이라는 의사 선생님이 있는데 어린 여자아이들에게 알레르기가 있으니까 절대로 눈에 띄어서는 안 된다고 경고했다. 세 걸음 걸을 때마다 흰 가운을 입은 남자가 나타났고 그럴 때마다 아이들은 움츠러들며 물었다.

"저 사람이야? 저 사람?"

사실 바르도 무서웠다. 그는 모브와쟁 교수를 무서워했다. 왠지 이상하게도 이 남자의 손에 모를르방 형제들의 운명이 달려 있는 것처럼 느껴졌다. 아마도 시메옹을 치료해 주는 사람이기 때문일 것이다.

복도 끝에서 간호보조사 마리아와 간호사 에블린이 아이들을 기다리고 있었다.

"오, 정말 예쁘구나."

마리아가 브니즈를 보고 감탄했다.

"바르, 당신과 꼭 닮았네요."

"네, 정말 귀엽죠."

바르가 활기차게 맞장구쳤다.

"그럼 마리아는 여기 있어요. 에블린은 복도 반대쪽으로 가고요. 에블린, 혹시 '아빠가 내게 남편을 주었네'를 휘파람으로 불 수 있어요? 몰라요? 아무것도 아니에요. 이리 와, 얘들아."

바르는 두근대는 가슴으로 여동생들을 117호실로 들여보내고 자신도 서둘러 들어갔다. 브니즈와 모르간은 오빠 목에 달려들 생각이었다. 하지만 바르가 '뽀뽀는 절대 안 돼!'라며 경고한 데다가 침대에 누워 있는 시메옹을 보니 그럴 마음이 사라졌다.

"오빠, 왜 묶여 있어?"

브니즈가 몹시 놀라서 소리쳤다.

시메옹이 바르를 보며 물었다.

"그건…… 애들한테 설명 안 해 줬어?"

"뭘?"

바르가 놀라서 물었다. 바르는 아이들이 혈관주사를 맞고 있는 창백한 오빠를 보고 무서워할 거라는 생각을 미처 하지 못했다.

"이 관을 타고 약이 내 몸으로 들어가는 거야. 피에 직접 들여보내는 거지. 내 피가 병들었거든."

"피를 씻어 주는 거야?"

모르간이 물었다.

"맞아. 청소는 언제나 피곤한 일이지."

시메옹이 미소 지으며 답했다.

"피곤해서 오빠가 누워 있는 거구나."

브니즈가 결론지었다.

어쨌든 아이들은 깊은 인상을 받았다. 병실의 냄새, 몹시 수척해진 오빠, 아이들 주변을 감도는 우울한 분위기……. 바르는 살짝 열려 있는 병실 문 앞에서 계속 망을 봤다.

"형은 안 앉아?"

바르가 벌써 도망가고 싶어 하는 게 아닌가 걱정이 된 시메옹이 물었다.

"안 돼. 안 돼. 나는 마리아가 '안녕'을 부르는지 소리를 들어야 해."

무슨 말인지 이해하지 못한 시메옹이 바르를 빤히 바라보았다.

"여자아이들에게 알레르기가 있는 어떤 아저씨 때문이야. 마리아가 '아빠가 내게 남편을 주었네'는 모르는데. 그런데 나는 그 노래 아는데. 내가 마리아에게 가르쳐 줄까, 큰오빠?"

"다음에."

시메옹은 형의 말을 해석하는 데 도사가 되었다.

"나한테 거짓말을 한 거야? 애들 데려와도 된다는 허락 못 받았지?"

"딱히 허락을 받은 건 아니야. 어쨌든 애들이 왔잖아, 시메옹. 몇 분밖에 안 돼. 얘들아, 시메옹에게 꼭 해 줄 말이 있지?"

"하트 세 개만큼 사랑해!"

브니즈가 소리쳤다.

그는 오빠에게 조로 그림을 건넸다. 시메옹은 눈을 감았다. 사랑 받는다는 사실이 고통스러웠다.

"오빠, 나 빵점 받았어."

모르간이 침울한 목소리로 조그맣게 이야기했다.

"안 돼, 모르간! 그 이야기는 안 하기로 했잖아."

바르가 나무랐다.

"아니야, 해야 해. 나 빵점 맞았어."

모르간이 고집을 부렸다.

"무슨 과목에서?"

시메옹이 물었다.

"성채(성과 요새) 시험에서."

모르간이 대답했다.

"어려운 과목이잖아. 나도 성채 과목에서는 빵점 많이 맞았어."

바르가 동생을 위로했다. 그렇지만 모르간은 시메옹의 판단을 기다리고 있었다.

"넌 어떤 과목에서든 일등을 해야 해."

시메옹이 동생에게 말했다.

"응."

모르간이 시메옹의 눈에 시선을 고정했다.

"다음부터 9점 밑으로 내려가면 안 돼. 알겠지?"

"알겠어."

아이는 무거운 짐을 내려놓은 듯이 홀가분하게 대답했다. 하지만 바르는 계속해서 '안녕'의 첫 소절이 들리는 것 같은 착각이 들었다. 일분일초가 흐를수록 두려움도 커져 갔다.

"얘들아, 가자!"

"벌써?"

모를르방 자매들이 소리쳤다.

계속해서 억눌러 온 격한 감정을 터뜨리며 모르간이 무릎을 꿇고 시메옹의 오른손에 입을 맞추었다. 자신의 또 다른 반쪽에게. 바로 그 순간, 바르에게 '안녕'의 첫 소절이 분명하게 들려왔다. 모브와쟁 교수는 가끔 밤이 되기 전 마지막으로 환자들을 둘러보곤 했다. 불행히도 바르는 휘파람 소리가 오른쪽에서 나는지, 왼쪽에서 나는지, 그래서 어느 쪽으로 빠져나가야 하는지 알 수가 없었다.

그는 문을 살짝 열어 보았다. 오, 보이! 모브와쟁 교수가 보였다. 그는 피곤하고 기분도 썩 안 좋아 보였다. 그는 118호실에 가려는 듯 반대편 병실의 문고리를 잡았다. 그런데 마음을 바꾸고는 복도를 가로질러 117호실로 들어왔다. 두 어린 소녀들은 뒷걸음질을 치는 바르에게 달라붙었다. 브니즈는 위험에 처한 타조가 본능적으로 그러는 것처럼 큰오빠의 재킷에 얼굴을 묻었다.

"이게 뭐죠?"

교수는 그리 놀라지 않은 표정으로 물었다.

"제 동생들이에요."

시메옹이 모든 걸 감당할 마음으로 대답했다.

"이성적인 행동은 아니군요."

의사가 나무랐다.

그는 생각에 몰두한 나머지 화내는 것조차 잊고 있었다. 모브와쟁은 대충 모르간을 향해 시선을 던졌다. 영리해 보이는 검은 눈동자가 빛을 발하고 있다. 겁에 질린 못생긴 얼굴을 보자 미소가 지어졌다. 박사는 브니즈도 바르텔레미에게서 천천히 떼어 놓은 다음 자세히 바라보았다. 그는 연민의 한숨이 나오려는 걸 가까스로 참았다. 인형처럼 예쁜 작고 가여운 아이.

"자, 모두 나갑시다."

교수가 다정하게 이야기했다.

바르는 순순히 그의 말을 따랐다. 모브와쟁 교수는 점점 더 그를 압도했다. 그의 마음에 들어야 하고 무엇보다 복종해야 하는, 조금은 위협적이기까지 한 권위적인 아버지 같았다. 복도에서 멀어지던 교수가 낮은 목소리로 말했다.

"바르텔레미!"

모브와쟁 교수는 117호실 문을 닫고 바르를 향해 걸어왔다.

"할 말이 있어요. 둘이서만요. 아이들은 마리아에게 맡기고 내 진료실로 와요."

따르지 않을 수 없다. 바르는 복종했다.

다시 한번 바르는 교수의 고급스러운 진료실에 앉아 있다. 꽃은 바뀌었지만 교수는 그때와 마찬가지로 꽃병을 치웠다.

"시메옹 때문에 걱정이 많아요."

그가 단도직입적으로 말했다.

"삼 주째 치료하고 있는데 차도가 없어요. 그래서 조프레와 나는 치료법을 바꾸기로 결정했어요."

"그래요?"

바르의 심장이 불안하게 두근거렸다.

"네. 문제는 시메옹이 우려될 정도로 혈소판이 결핍되어 있어서 상당한 출혈 위험을 감수해야 한다는 거예요."

모브와쟁은 고통을 비인간화시키는 의학 용어를 이어 갔다.

"이런 상황에서는 아무것도 시도할 수 없어요."

"안 된다고요?"

"네."

모브와쟁이 처음에 봤을 때처럼 안경 너머로 바르를 빤히 바라보았다. 확실히 교수는 화가 난 것처럼 보였다.

"당신은 파트너를 자주 바꿀 것 같군요?"

"파트너요?"

바르는 마치 꿈을 꾸는 것 같았다.

"내 질문의 의미를 이해하고 있어요?"

"네, 네. 아니, 아니요. 네, 이해는 했어요. 그런데 파트너를 그렇게…… 자주…… 바꾸지는……."

바르는 모브와쟁에게 일종의 허락 같은 것을 구하고 있었다. 의사는 무의식적으로 오히려 노기가 느껴지는 비웃음을 지었다.

"그 귀고리, 착용한 지 얼마나 됐죠? 육 개월 안 됐나요?"

"오, 이건 어린 마음에 저지른 거예요. 열여섯 살 때였죠."

"변명을 하라는 게 아니에요."

모브와쟁이 흥미로워하면서 말을 이었다.

"성적으로 전염이 가능한 질병에 걸린 적이 없나요? 간염은? 정기적으로 에이즈 검사는 받고 있죠? 마약은 안 하고요?"

얼이 빠진 바르는 고갯짓으로 예, 아니오를 표시했다. 모브와쟁은 머릿속으로 질문지 빈칸에 체크 표시를 하고 있었다.

"최근에 문신한 적은? 없어요? 열대 지방으로 여행을 간 적 있어요? 없어요? 가슴에 문제는 없나요?"

"오, 애정 문제는 엄청 많죠!"

바르가 소리쳤다.

"심장 문제를 물은 거예요."

"아, 그건 없어요. 그 지경까지 가지는 않았어요."

바르텔레미가 바로잡았다.

"내가 왜 이런 질문들을 하는지 알겠어요?"

"제가 이해해야 할 게 있으니까요?"

"내가 이렇게 묻는 이유는 시메옹에게 혈소판 수혈이 필요하기 때문이에요. 우리에겐 아주 건강한 혈소판 제공자가 필요해요."

"아, 그래요?"

"네."

대화가 심각한 방향으로 흐르자 바르의 뇌가 곧장 마비되고 말았다. 뇌는 아무것도 이해하지 않기로 결정한 것 같았다. 청년의 이런 특징을 전혀 간파하지 못한 모브와쟁 박사는 차근차근 설명을 늘어놓았다.

"면역 체계에 이상이 생기지 않도록 하려면 적합한 제공자를 찾아야 해요. 정부의 혈소판 제공자 리스트에 의존하면 찾을 확률이 육만 분의 일밖에 안 돼요. 설사 딱 맞는 사람을 찾는다 해도 여의치 않을 수도 있고요. 그런데 혈연관계에 있는 사람 중에서 찾아보면 적합한 제공자를 찾을 확률이 높아져요. 내가 왜 당신에게 먼저 이야기하는지 알겠죠?"

"네, 네."

완전히 정신이 나간 바르가 중얼거렸다.

"만약 시메옹에게 적합하다면 혈소판 제공자가 되어 줄 수 있겠죠?"

바르텔레미는 '물론이죠'라고 해석될 수 있는 행동을 해 보였다.

"좋아요. 고마워요."

모브와쟁 교수가 일어나며 결론을 내렸다.

"에블린에게 채혈을 하라고 이야기해 놓을게요."

"그건 왜요?"

의사는 벌써 밖으로 나가 간호사를 찾고 있었다.

24시간 안에 바르의 혈액에 관한 모든 검사가 이루어졌다. 결과는 포진, 감염, 에이즈 전적이 없는 것으로 나왔다. 게다가 운명의 신호처럼 시메옹의 혈액과도 완벽하게 들어맞는다.

단추를 채우지 않은 가운 주머니에 손을 넣은 모브와쟁 교수가 조프레를 찾아왔다.

"시메옹의 기력을 회복시켜 줄 수 있겠어!"

"그런데 사소한 문제가 하나 있어요."

낙천적인 편인 조프레가 오히려 모브와쟁을 진정시키듯 조심스레 전했다.

"문제는 '바르'가 채혈을 할 때 의식을 잃었다는 거예요. 아마 피를 못 보는 것 같아요."

조프레는 바르텔레미 이야기를 할 때마다 얼굴에서 경멸을 감출 수가 없었다. 모브와쟁의 얼굴이 어두워졌다.

"황당하네."

그가 중얼거렸다.

"오후 2시에 오는 건가?"

"그 게이요? 네."

모브와쟁 교수는 무언가 말하려는 듯 입을 열닫가 숨만 깊이 들이마셨다.

오후 두 시, 바르는 모브와쟁 박사와 마주치기 싫어서 117호실까지 살그머니 몰래 들어왔다. 보통 때라면 시메옹이 베개에 기대어 형을 기다리고 있는 시간이다. 그런데 오늘은 눈을 반쯤 감은 채로 누워 있다. 심하게 야윈 그의 얼굴이 데스마스크를 떠올리게 했다. 바르는 겁에 질려 문 쪽으로 물러섰다.

"아, 왔군요!"

등 뒤에서 모브와쟁 박사가 들어왔다.

"수혈 센터까지 같이 가시죠. 바로 옆이에요."

바르는 뒷걸음질을 쳤다.

"아뇨, 못 해요. 못 하겠어요."

그렇지만 교수는 그를 붙잡아 침대로 데려갔다.

"동생을 봐요."

그러더니 팽개치듯 손을 놓았다.

"이런데도 못 하겠어요?"

모브와쟁은 자신의 역할을 넘어선 행동을 했다는 것을 알고 있었다. 하지만 프랑스 혈액은행의 팸플릿에도 '혈소판 헌혈은 혈액 제공의 특별한 동기가 있는 제공자를 대상으로 한다'고 명시되어 있다.

바르텔레미는 모브와쟁이 이끄는 대로 따라갔다. 다른 사람은 몰라도 박사의 눈에는 괴물로 비치고 싶지 않았다.

"그런데 저 기절할 거예요."

바르가 경고했다.

"그건 어쩔 수 없어요."

"깨워 줄게요."

모브와쟁이 무심하게 대꾸했다.

두 사람은 이미 팔걸이에 팔을 내맡긴 수혈자 두 명이 있는 헌혈실로 들어섰다. 바르가 뒷걸음질 치자 모브와쟁이 붙잡았다.

"내가 여기 있잖아요."

니콜라가 다정하게 이야기했다. 그는 바르의 어깨에 손을 올리고 발걸이가 있는 안락의자로 데려갔다.

"내가 할게요."

미소를 지으며 바르에게 다가오는 간호사를 향해 의사가 말했다.

바르의 귀에서는 벌써 붕붕 소리가 들리기 시작했다. 얇은 막이 덮여 그의 눈앞이 어두워졌다. 주사에 찔리기도 전에 기절할 판이다. 반쯤 의식이 흐려진 바르는 고개와 상체는 조금 높이 두고 안락의자에 누웠다. 모브와쟁은 바르가 재킷을 벗는 걸 도와주었다. 그는 양팔에 모두 주삿 바늘을 꽂는다는 사실은 이야기하지 않고 양 소매를 팔꿈치 위로 끌어올렸다.

"괜찮죠?"

박사가 부드러운 손놀림으로 첫 번째 굵은 바늘을 찔러 넣으며 물었다.

바르는 끙끙 앓는 소리를 냈다. 그 즉시 검붉은 피가 관을 따라 흐르기 시작했다.

니콜라는 눈을 들어 모든 사람들이 웃으며 '바르'라고 부르고 지금은 전혀 웃음기가 없는 젊은 남자의 얼굴을 바라보았다. 무의식적으로 의사로서의 냉혹함을 되찾은 박사가 두 번째 바늘을 찌르며 활기차게 말했다.

"두 시간쯤 걸릴 거예요!"

그 순간 마치 안락의자에 전기가 통하듯이 바르의 온몸이 경련을 일으키기 시작했다.

"겁먹지 말아요."

니콜라는 이내 자신의 말을 후회했다.

"두 시간 내내 피를 뽑는 건 아니에요. 세포 분리 장치에서 혈소판만 채취하고 남은 혈액은 다시 들어갈 거예요. 이 관으로 나와서

저 관으로 들어가는 거고, 그사이에 시메옹에게 줄 혈소판을 가져가는 거예요."

"토할 것 같네요."

바르가 가쁜 숨을 내뱉었다.

"압박기를 치울게요. 이제 저절로 흐를 테니까. 음악을 틀어 줄까요? 내 걸 빌려 줄게요. 이불을 덮어 줄까요?"

두 팔을 꼼짝하지 못한 채 끊이지 않는 원심분리기의 웅웅대는 소리를 들으며 바르의 공포심은 점점 커졌다. 그는 남은 힘을 모아 의자에서 빠져나오려고 애썼다.

"어, 어! 움직이지 말아요."

니콜라가 어깨를 누르며 명령했다. 바르는 그를 향해 애원하는 눈빛을 보냈다.

"잘될 거예요."

모브와쟁이 그를 진정시켰다.

"이런 수혈 방식은 전혈 수혈보다 훨씬 덜 피곤할 거예요. 오른손으로 이 공을 잡아요. 그래요. 기계에서 소리가 나면 주먹으로 이 공을 누르는 거예요. 알겠죠? 그럼 유출 속도가 올라갈 거예요."

"너무 창백한데요."

간호사가 니콜라의 등 뒤에서 말했다.

"감수성이 예민해서 그래요."

모브와쟁이 바르의 뺨을 톡톡 치면서 말했다.

"하지만 잘 해낼 거예요. 동생을 위한 일이니까."

"정말 훌륭한 일이네요."

간호사가 감탄했다.

모브와쟁 교수가 큰 키로, 또 자신의 권위로 압도했기에 바르는 어쩔 수 없이 영웅적인 형 역할을 해낼 수밖에 없었다.

# 11
## 해결책을 찾아보다

"좋은 해결책이 아니었어."

모브와쟁 교수가 단언했다.

그는 자신의 진료실에서 조프레와 함께 시메옹의 치료 과정을 평가하고 있었다. 둘은 너무 부담이 큰 치료는 하지 않기로 뜻을 모았었다. 한편으로는 시메옹의 전반적인 상태가 그리 좋지 않았기 때문이고, 다른 한편으로는 백혈병의 병세가 그리 염려할 정도는 아니었기 때문이다. 그래서 모브와쟁 교수와 조프레는 시메옹의 기력을 지나치게 손상시키지 않는 범위에서 몇 주 안에 증상을 완화시킨 후에 그 상태를 유지하는 방법으로 치료하는 도박을 택했다. 그렇지만 상황은 예상대로 흘러가지 않았다. 백혈병 세포들은 화학요법의 공격에 저항했고 혈소판은 다량으로 파괴되었다. 실패였다!

"이틀 전보다는 나아졌어요."

조프레가 말했다.

수혈 자체가 도움이 되었을 뿐 아니라 바르가 혈소판 제공자라는 사실이 시메옹에게 큰 힘이 된 것이다. 모브와쟁 교수는 시메옹이 맏형에게 깊은 애정을 갖고 있다는 사실을 알아차렸다. 그래서 강압적으로라도 바르가 동생 시메옹을 위해 행동해 주기를 바란 것이었다. 두 의사는 자신들이 저지른 실수를 목록화하였다.

"호모에게 도움을 요청한 건 위험한 일이었어요."

조프레가 지적했다.

물론 바르텔레미의 혈액을 철저히 분석했지만 에이즈나 간염에 걸린 시점부터 검사를 통해 질병이 진단되는 순간까지 어느 정도 시차가 있기 때문에 검사 결과를 백 퍼센트 신뢰할 수는 없다.

"위급한 상황이었어."

모브와쟁이 말했다. 그는 못마땅했다. 못마땅하거나 혹은 불안했다.

"'호모'라고 해서 다 '무개념'인 건 아니야!"

모브와쟁이 격한 어조로 덧붙였다.

교수의 그런 짜증 섞인 말투에 익숙하지 않은 조프레가 눈썹을 으쓱하며 웅얼거렸다.

"네, 물론이죠."

그러고는 시메옹을 위해 고려 중인 새로운 치료 방법에 대해 보고했다. 그의 표현대로라면 이번에는 화염방사기를 꺼내 들 것이다. 백혈병과 시메옹 중에 누가 먼저 쓰러질 것인가가 문제다. 발표를 마친 조프레는 교수의 반응을 기다렸다.

모브와쟁은 이토록 괴로운 적이 없었다. 어린 환자에 대한 애정이 지나치면 자칫 통찰력을 잃을 수도 있다는 사실을 잘 알고 있다. 어린 환자들이 고통스러워하는 모습을 보는 것은 언제나 괴롭다. 지금까지 시메옹은 잘 버텨 주고 있었다. 공부도 계속할 수 있었고 목표를 향해 계속 나아가고 있었다. 그런데 치료의 강도를 높이면 눈부시게 총명한 시메옹은 사라지고 침대에 처박혀 고통스러워하는 몸뚱이만 남게 될 것이다. 모브와쟁은 가슴이 떨렸다.

"해 보지."

교수가 말했다.

조프레가 나가자 니콜라 모브와쟁은 소파 깊숙이 몸을 파묻었다. 그는 모를르방 아이들에 대해, 그 특별한 우애와 그 형제들의 기구한 운명에 대해 생각했다. 시메옹. 그 아이는 대학입학자격시험에 합격해야만 한다. 이것은 모브와쟁에게도 중요한 목표가 되었다. 이 소년이 승리할 수 있도록 온 힘을 다하자. 그다음은? 그다음에는……

모브와쟁은 미래가 없는 승리도 있다는 사실을 잘 알고 있다. 그러자 바르텔레미에게 달라붙어 있던 두 여자애들이 떠올랐다. 박사는 그들을 보호해 주고 싶었다. 모르간, 여덟 살, 초등학교 3학년. 시메옹은 자신을 본받으려고 애쓰는 동생에 대해 이야기한 적이 있었다. 브니즈, 다섯 살, 페리윙클 색 눈동자. 거리를 지나면 누구라도 돌아볼 정도로 예쁜 아이. 그건 바르텔레미도 마찬가지다. 생각이 그에게 미치자 모브와쟁은 꽃병을 옆으로 치우고 다른 생각으로 건너뛰었다.


바르의 상태는 아주 좋았다. 헌혈 후 기력을 되찾는 데 48시간밖에 걸리지 않았다. 그렇지만 여전히 악몽에 시달리고 있었다. 그래도 그는 모브와쟁 교수를 원망하지 않았다. 시메옹에게 도움이 되는 일이라면 억지로 했다고 해도 괜찮았다. 그리고 오늘 저녁에는 자신이 새로이 쟁취한 애인을 만나기로 해서 기분이 더 좋았다.

"모르몬교도랑은 끝났어요?"

바르의 애정 생활에 관심이 많은 에메가 물었다.

"그를 개종시키는 데 실패했어요. 하지만 더 좋은 사람을 찾았어요. 다마고치를 개발한 일본인을 만났어요."

"진짜요?"

에메가 물었다.

"일본어 할 줄 알아요, 바르?"

"아뇨. 하지만 다마고치는 알아요. 그게 도움이 되죠. 에메, 이건 유부녀와 나눌 만한 대화가 아니에요."

생각에 잠긴 바르가 이야기했다.

바르는 윗집 여자를 애정 어린 시선으로 바라보았다.

"아이는 어떻게 했어요?"

그가 목소리를 낮추며 물었다.

"배 속에 있어요. 나도 알아요, 표시가 안 나죠. 너무 많이 먹지 않으려고 하고 있어요."

"일곱 달 동안 단식투쟁이라도 할 거예요?"

에메는 고개를 숙였다. 그녀가 사실대로 고백한다면 남편은 그녀를 때릴 것이다. 만약 고백하지 않는다면 죽일 것이다. 만약 도망간다면 그가 찾아낼 것이다.

"해결책이 없어요."

"약 네 알?"

바르가 제안했다.

"쉿!"


이런 대화를 나눈 지 이틀 후 바르는 기분이 별로였다. 에메나 다마고치 개발자와는 전혀 상관이 없었다. 시메옹 때문이었다. 시메옹에게 새로운 치료가 시작되었다. 병원에서 돌아올 때마다 바르는 동생이 애원하는 소리가 귀에서 맴돌았다. 못 하겠어, 바르. 못 참겠어. 아파. 그만하라고 해 줘. 죽고 싶어. 몸이 불타는 것 같아. 불났어. 형, 사람들이 날 죽이려고 해. 내 머리카락 좀 봐, 머리가 다 빠져. 괴물이 되고 있어, 제발, 형, 말 좀 해 줘. 집으로 돌아온 바르는 침대에 쓰러져 양손으로 귀를 틀어막았다. 그래도 여전히 비명 소리가 들렸다. 제발, 형······.

"제발! 안 돼요, 안 돼!"

바르가 벌떡 일어났다. 에메였다. 위층에서 수요일의 발작이 시작된 모양이다. 남편이 아이 소식을 알아차린 게 분명했다. 그가 에메의 배를 발로 걷어찰 것이다. 바르는 그러리라는 걸 확신했다. 그는 침대에서 일어나 방을 나섰다. 위층에서 요란한 소리가 들렸다. 에메가 식탁 주위를 돌며 남편에게서 도망치려 하고 있었다. 다양한 금속이 부딪치는 소리와 유리가 깨지는 소리가 들렸다. 남편은 식탁에 놓인 것은 무엇이든 잡아 그녀의 얼굴을 향해 던졌다.

"이럴 순 없어."

바르가 중얼거렸다.

그는 더 이상 이기적이고 냉소적인 유머라는 방어벽 뒤에 숨어 있을 수 없었다. 마치 자신이 총탄에 맞은 것 같았다. 모를르방 아이들이 만들어 놓은 심장의 작은 틈 사이로 다른 사람들의 불행이 밀려 들어왔다. 속옷 세일즈맨이 에메의 머리채를 잡아 땅바닥에 넘어뜨리고 아이를 죽이려 하고 있었다.

"제발요! 도와줘요!"

에메가 이토록 크게 소리친 적은 없었다. 평소에는 이웃에게 들릴까 봐 창피해하며 애원하는 소리를 억누르곤 했다.

"바르! 바르!"

꿈을 꾸는 것인가? 아니다! 에메가 바르에게 도움을 요청하고 있다.

바르는 한 번도 쓰지 않아 번쩍이는 연장통을 열었다. 그리고 거대한 드라이버를 꺼내들고 위층으로 올라갔다. 우선 초인종을 눌렀다. 계속 눌렀다. 바르는 몸을 날려 어깨로 문을 부수기 시작했다. 바르는 행동만 여성스러울 뿐, 사실 운동을 좋아하고 체격도 좋다. 계단 난간에 등을 기댄 채 두 발로 있는 힘껏 문을 걷어찼다.

그가 드라이버를 들고 문을 뜯어내려는 순간 반대편에서 문고리를 돌리는 소리가 들렸다. 에메의 남편이 문을 열었다. 그를 이렇게 가까이 보는 건 처음이었다. 배가 조금 나온 사십대 남자였다. 분노로 불거져 나온 두 눈만 빼면 지극히 평범한 사십대의 모습이다. 평소에는 코만 붉은 빛을 띠지만 오늘은 분노로 달아올라 얼굴 전체가 포도주 찌꺼기 색으로 변해 있었다.

"조심해요, 바르!"

안쪽에서 외치는 소리가 들렸다.

"무기가 있어요!"

그러자 남자가 에메를 돌아보며 고함을 질렀다.

"네 애인 맞지?"

남자가 몸을 돌려 에메를 향해 한 걸음 내딛자, 바르는 그의 손에 들린 무시무시한 식칼을 보았다. 혹시 정육점에서 쓰는 칼이 아닐까? 바르는 남자가 두 사냥감 사이에서 망설이는 틈을 타 집으로 들어섰다. 하지만 남자는 곧 정신을 차리고 식칼로 바르를 위협했다.

"우선 네놈부터. 그다음에 저년의 배를 갈라 버리겠어."

그는 아내가 바람을 피웠다고 확신했다. 그 탓에 그의 편집증적인 광기는 더 강력해졌다. 바르는 의자를 들어 앞을 막았다. 남자는 바르텔레미를 향해 무기를 든 팔을 휘둘렀다. 한 번. 두 번. 공격은 피했지만 방어적인 자세라 어떻게 나가야 할지 가늠이 되지 않았다. 이미 상처를 입은 에메는 벽에 딱 붙어서 한 손을 배에 올린 채 꼼짝 못 하고 있었다. 남자는 다른 의자를 집어 바르의 임시 보호막을 향해 던졌다. 깜짝 놀란 바르는 자신을 지켜 주던 의자를 놓쳤다. 남자가 야만스러운 웃음을 지었다. 싸움이라고는 전혀 할 줄 모르는 바르에게 이제 남은 건 단 하나, 드라이버뿐이다. 그는 자신에게 잠재된 모든 폭력성을 끌어모아 상대를 향해 드라이버를 던졌다. 남자가 비틀거렸다. 바르는 그 틈을 놓치지 않았다. 극도의 침착성을 발휘해서 식탁 위에 놓여 있던 수프 그릇을 집어 들고 남자가 에메에게 자주 그러하듯 그의 얼굴을 향해 던질 준비를 했다. 그런데 이상하게도 남자가 방어 자세를 내리더니 손으로 가슴을 움켜쥐었다. 그의 눈이 튀어나왔다. 그가 컥컥거렸다. 그리고는 수프 그릇을 정면으로 맞고 쓰러졌다.

"오, 보이!"

바르가 하나밖에 남지 않은 온전한 의자에 매달려 소리쳤다.

에메의 남편은 싸움의 잔해들 가운데 쓰러져 있었다. 그의 이마에서 흘러나온 피가 아직 뜨거운 수프와 섞여 들었다. 바르는 비틀거리면서 남자 쪽으로 다가가 그가 놓친 식칼을 발로 걷어 냈다. 그리고는 혐오감을 주체하지 못해 그 자리에 털썩 주저앉았다. 남자는 입을 벌리고 눈을 뜬 채 움직이지 않았다.

"죽었어."

바르가 스스로를 확신시키듯 더듬거리며 말했다. 손가락 끝으로 남자의 소매를 들어 올렸다가 놓았다. 남자의 팔이 무기력하게 떨어졌다.

"구급차를 불러요."

에메가 말했다.

에메는 두 손으로 배를 움켜쥔 채 조심스럽게 벽에서 떨어졌다. 바르는 땅바닥에 있는 남편을 보지 않으려고 하면서 가구와 벽에 몸을 의지해 간신히 전화기까지 걸어갔다. 에메를 남편의 시체로부터 떨어뜨린 바르는 자신도 멀찍이 떨어졌다. 그러고는 에메가 자신이 시킨 대로 진정제를 넣어 요리했는지 아닌지는 모르겠지만 테이블에 놓인 수프 그릇 두 개를 집어 헹구었다.

구급대가 도착했을 때, 의사가 할 일은 남자의 죽음을 확인하는 것밖에 없었다.

"내가 수프 그릇을 얼굴에 던졌어요."

바르가 서둘러 자신의 잘못을 자백했다.

구급대 의사는 접시에 부딪치기 전에 남자의 심장이 정지되었다는 것을 알고 있었다. 그래서 이렇게 중얼거릴 뿐이었다.

"그리 도움이 되지는 않았겠군요."

그리고 바르가 모로 눕혀 놓은 에메를 확인했다.

"임신했어요."

바르가 현재형으로 말해야 할지, 과거형으로 말해야 할지 고민하며 전달했다.

의사는 고개를 저었다.

"입원해야 해요."

간호사 두 명이 에메를 도와 몸을 일으키고 구급차가 있는 곳까지 내려갈 수 있도록 부축했다. 아파트를 나서면서 의사는 전쟁터를 방불케 하는 현장과 람보 역할을 한 듯한 젊은 남자를 바라보았다.

"경찰에 신고해야 할 거예요."

그가 시체를 가리키며 말했다.

"물론이죠."

바르가 상황과 어울리지 않는 태평한 얼굴로 말했다.

바르텔레미는 경찰 조사를 받았다. 그의 진술은 에메가 병상에서 한 진술과 일치했다. 의사는 매장 허가증에 사인했고, 여자 속옷 세일즈맨은 아쉬움보다 브래지어를 더 많이 남겨 둔 채 이 세상을 떠났다.

바르는 에메가 퇴원하기 전에 조금이라도 정리를 해 주려고 위층 집에 다시 올라갔다. 그는 부서진 의사를 버렸고 가구 아래에 들어간 깨진 유리잔과 그릇의 잔해를 쓸어 모았다. 그러다 운 나쁘게도 유리 조각에 손을 벴다.

"아, 토할 것 같아."

피가 솟는 것을 보고 눈살을 찌푸리며 욕실로 간 바르는 약장을 열고 반창고를 꺼냈다. 그 순간 작은 약상자가 세면대에 떨어졌다.

그가 에메에게 준 진정제다. 척추를 타고 소름이 끼쳤다. 상자를 열어 본 바르는 깜짝 놀랐다. 약은 한 알도 빠짐없이 그대로였다.

"에메, 에메."

마음이 편안해진 그가 에메의 이름을 되뇌였다.


삶을 옥죄이던 나사가 느슨해졌다. 많이는 아니다. 아주 조금. 병원에서 시메옹의 상태가 호전되고 있다. 그날 오후, 시메옹은 베개에 기대어 앉을 수 있었고 비타민이 첨가된 농축액을 절반이나 마셨다. 3월의 햇살이 창문을 통해 들어왔다. 바르는 꽃과 브니즈가 그린 그림 한 뭉치, 그리고 모르간의 최근 성적표를 가져왔다. 모두 10점이고 딱 하나만 9점이었다. 바르에게서 모르간 어머니의 죽음에 대해 전해 들은 담임 선생님은 모르간이 성채 시험에서 받은 0점을 무효로 처리해 주었다.

"그래서 네 동생은 륵산을 제치고 여전히 일등이래. 모를르방 집안에 얼마나 다행이냐!"

바르는 계속 떠벌렸다. 아이를 지킨 에메에 대해서. 사실은 베트남 사람이었고 다른 17명의 사촌들과 함께 기성복 만드는 일을 하는 일본인에 대해서. 시메옹은 열심히, 때로는 취한 듯이 그의 이야기를 들었다. 가끔은 모든 긴장을 풀고서 행복에 가까운 가는 신음을 길게 내뱉었다.

"적절한 치료법을 찾은 것 같지?"

바르가 조심스럽게 물었다.

바르는 시메옹에게 그의 병에 대해 거의 말하는 일이 없다. 자신이 별로 희망을 품지 않는다는 사실이 드러날까 봐 두려웠다. 시메옹을 똑바로 바라보지도 못했다. 시메옹을 보면 예전에 레오가 말한 집단 수용소 이야기가 떠오르곤 했다. 실제로도 그랬다. 머리카락은 거의 다 빠지고 닭을 연상시키는 가는 목과 뼈에 붙어 버린 누런 피부, 노인처럼 오그라든 어깨. 그리고 이 막막한 사막 속에서 점점 더 커지는 눈은 총명함을 잃지 않으려고 안간힘을 쓰는 듯이 보였다.

"수업을 따라잡아야 해. 내일부터 다시 시작해야겠어."

시메옹이 말했다.

내일, 오늘은 아니다. 언제 깨질지 모르지만 오늘은 그래도 꽤 좋은 하루다. 병이라는 긴 복도에는 이곳저곳에 창문이 하나씩 뚫려 있었다. 두 형제는 그 창문에 몸을 기대고 하늘과 이 순간을 즐겼다.

"똑똑! 미안해요, 미안해. 내가 방해했네요."

간호사가 들어오며 말했다. 그녀의 직업적인 쾌활함이 두 형제의 얼굴을 찌푸리게 했다.

"시메옹, 골수 검사 때문에 데리러 왔어."

"아, 안 돼."

그가 실망하며 말했다.

"그렇지만 원래 세 시에 하기로 되어 있던 거잖아. 의례적인 검사야."

"당신은 바늘에 찔리는 사람이 아니니까요!"

바르텔레미가 소리쳤다.

"화내지 마, 형."

갑자기 힘이 빠진 시메옹이 속삭였다.

바르에게 한 가지 생각이 떠올랐다.

"내가 같이 가 줄게."

"죄송하지만 그건 불가능해요."

"아니, 가능해요. 조프레한테 부탁해 볼게. 너도 그게 좋지, 시메옹?"

지금 바르 앞에서 간절한 눈빛을 보내는 시메옹은 열네 살 소년이 아니라 고통에 질려 버린 어린아이였다. 시메옹은 대답을 할 수가 없었다. 바르는 벌써 조프레를 찾아 밖으로 나섰다. 그리고 복도에서 그를 붙잡았다.

"조프레, 좀 봐줘요."

바르가 그의 가운 깃을 붙잡았다.

"또 뭐예요?"

의사가 짜증을 부렸다.

"시메옹이 골수 검사를 할 동안 내가 옆에 있을게요. 시메옹은 골수 검사에 지쳤어요. 이해하죠? 내가 옆에 있으면 도움이 될 거예요."

조프레는 표정으로 '안 된다'고 말하며 바르의 손을 거칠게 뿌리쳤다. 그는 바르에게 번번이 이용당한다는 느낌이 들었다.

"너무 냉정하게 그러지 말아요."

실망한 바르가 애원했다.

"무슨 일이야?"

복도 끝에서 들리는 목소리였다. 모브와쟁 교수가 다가왔다.

"아, 아무것도 아니에요."

바르텔레미가 입을 다물었다.

니콜라 모브와쟁은 눈짓으로 자신의 제자에게 되물었다.

"골수 검사를 할 때 동생이랑 같이 있고 싶대요."

조프레가 고개로 바르를 가리키며 대답했다.

"그래? 근데 뭐가 문제지?"

모브와쟁이 말했다.

조프레는 자신에게 이제 이 현장을 떠나는 일밖에 남지 않았다는 것을 알았다. 바르는 병원에서 무엇이든 제 뜻대로 할 수 있다.

"그래요, 알겠어요. 간 김에 아예 바르가 골수 검사도 직접 해 주면 되겠네요."

조프레가 짜증을 내며 말했다.

결국 바르는 검사를 준비하는 동안 동생 곁에서 농담을 하고 뼈에 바늘을 꽂아 넣는 동안에는 그의 민머리 위에 손을 올려놓고 있었다. 시메옹은 비명을 지르지 않았다. 바르도 기절하지 않았다. 두 사람 모두에게 승리였다.

다음 날, 바르텔레미는 평소보다 조금 더 일찍 생 탕트완 병원에 도착했다. 최근 수업 필기 자료와 유인물들을 가지러 학교에 들렀다가 오는 길이다. 바르는 교장 선생님에게 '네, 많이 나아졌어요'라고 이야기했다. 이제 서둘러 117호실에 가고 싶었다. 바르는 병실에 들어섰다. 시메옹은 마리아에게 기대 구토하고 있었다. 평소였다면 바르는 다시 밖으로 나와 복도에서 기다렸을 것이다. 그렇지만 지금은 자신이 견딜 수 있다는 것을 동생에게 보여 주고 싶었다.

"병원 음식이 역겹다는 건 알았지만 이 정도일 줄이야!"

바르는 농담을 하려 애썼다. 완전한 실패다. 격한 요동이 시메옹의 마른 몸을 뒤흔들었다. 그는 담즙까지 토했다. 바르는 자신도 모르게 고개를 돌렸다.

"지나갈 거야, 지나갈 거야."

마리아가 되풀이해서 말했다.

"아파. 너무 아파."

아이가 신음했다.

바르의 가슴이 무너져 내렸다. 그는 방에서 나와 문을 닫고 벽에 이마를 기댔다. 그리고 울기 시작했다.

"힘들죠, 알아요."

가까이에서 목소리가 들렸다.

"못 견디겠어요."

모르간이 그랬던 것처럼 바르가 흐느꼈다.

"믿음을 잃지 말아야 해요."

모브와쟁이 말을 이었다.

"최근 검사 결과들은 아주 고무적이에요. 그래서 조프레와 제가 조금 더 강도를 높이기로 한 거예요. 꼭 이겨 내야 합니다."

바르가 고개를 저었다. 그는 승리를 믿지 않았다. 그렇지만 니콜라 모브와쟁이 한 손을 그의 왼쪽 어깨에, 다른 한 손을 오른쪽 어깨에 올렸다는 사실을 이제 막 알아차렸다. 그리고 니콜라는 말을 하면서 바르의 견갑골 사이를 주물러 주었다.

"앞으로 며칠 동안은 아주 힘들 거예요. 시메옹은 녹초가 될 거고요. 수혈도 할 거예요. 아니, 아니, 이번에는 당신 혈소판은 건드리지 않을 거예요."

박사가 함박 미소를 지었다. 바르는 이제 진정이 되었다.

"시메옹은 정신적으로 지쳐 있어요. 당신이 힘을 줘야 해요. 그렇게 할 수 있다고 믿어야 해요. 그게 유일한 해결책이에요."

그는 바르텔레미를 격려하듯이 등을 몇 번 더 두드려 주었다.

"자!"

의사는 바르의 치료가 끝났다는 듯 말했다.

"정원 한 바퀴 돌고 약한 모습을 보이지 않을 자신이 생기면 돌아와요."

조금 망설이던 그는 모든 병원 사람들이 그를 부르는 것처럼 약칭을 입에 올렸다.

"용기를 내요, 바르!"

바르는 탄식하듯 고개를 끄덕이고 발걸음을 옮겼다. 복도 끝에 멈춰 선 그는 꿈을 꾸듯 잠시 서 있다가 뒤돌아보았다. 모브와쟁 교수는 이제 가고 없었다.

# 12
## 포기하고 싶어진 바르

"다른 해결책은 없다고 생각하시나요?"

로랑스가 물었다.

사회복지사 베네딕트는 후견인 담당 판사의 사무실에 와 있다. 다시 한번 두 사람이 모를르방 아이들의 서류를 들여다보고 있었다.

"그게 최선인 것 같아요. 조지안이 이미 여자아이들 둘을 데리고 있으니까요."

베네딕트가 말했다.

조지안은 두 아이의 후견인이자 보호자가 되게 해 달라고 요청해 놓은 상태다. 조지안도, 사회복지사도 시메옹은 전혀 고려하고 있지 않은 듯했다. 마치 죽음이 그 아이를 괄호 안에 넣어 둔 것처럼.

"그건 옳지 않아요."

로랑스가 지적했다.

"뭐가요?"

"바르텔레미 역시 모를르방 아이들의 후견인 자격을 요청했어요. 이복 누나보다는 그의 권리가 더 우선이에요. 모브와쟁 박사가 그러는데 동생을 아주 모범적으로 돌봐 주고 있다더군요."

놀라운 일이지만 그건 사실이었다.

"네, 물론 그렇죠."

베네딕트가 성의 없이 대답했다.

"하지만 어린 여자아이들이고 바르텔레미의 상황이……."

판사는 대수롭지 않게 여기며, 아니 그런 척하며 말했다.

"바르의 상황이 그리 안정적이지는 않지요. 하지만 카페에서 파트 타임 일자리를 구했고……."

"그런 이야기가 아니에요."

베네딕트가 지적했다.

두 여자는 아직 바르텔레미의 문제에 대해 솔직하게 터놓고 이야기하지 못하고 있다. 쑥스러워서가 아니라 그 주제에 대해 상대방이 어떻게 생각하는지 모르기 때문이다.

"모를르방 씨가…… 음…… 동성애자라는 건 눈치채셨죠?"

베네딕트가 먼저 말을 꺼냈다.

"네, 그런 것 같아요."

두 사람은 장난스럽게 웃음을 터뜨렸다.

"동성애자 커플도 PACS에 의해 다른 사람들과 동일한 권리를 인정받게 될 거예요."

자신의 포용력을 드러내고 싶은 베네딕트가 말을 이었다.

"그렇지만 바르는, 아니 모를르방 씨는 안정적이지 않은 것 같아요. 그게 문제예요. 아이들이 하는 이야기를 들어 보면 어느 날은 모르몬교도였다가 어느 날은 중국인이 되었다가…….""

"맞아요, 분위기가 그렇게…….""

로랑스는 말을 끝맺지 못했다. 판단을 하고 싶지 않았다. 그러면서도 아이들에게 이익이 되는 방법을 찾아야 했다. 조지안과 그의 남편만이 아이들에게 가족이라는 틀을 제공해 줄 수 있다.

"좋아요, 여동생들의 후견을 조지안에게 양보하라고 바르텔레미를 설득해 볼게요. 시메옹에 대해서는 나중에 생각해 보기로 하죠."

판사가 말했다.


하지만 당사자인 자매들에게도 의견이 있었다. 모르간과 브니즈에게는 두 오빠들이 있었고, 하루에 네댓 번은 그 오빠들을 보게 해 달라고 졸랐다. 두 아이들을 진정시키기 위해서 조지안은 돌아오는 수요일에 바르의 집에 데려가겠다고 약속했다. 그녀는 출근하기 전 8시쯤 두 아이들을 계단 아래에 내려놓고 퇴근길에 다시 계단 아래에서 아이들을 데려갈 것이었다. 그렇게 하면 이복동생을 보지 않아도 된다.

화요일까지 조지안은 아이들이 약속을 잊어버리거나 마음을 바꾸어 먹지 않을까 기대하고 있었다. 하지만 화요일 저녁 모르간이 조지안에게 물었다.

"언니, 바르 오빠에게 이야기했어?"

"할 거야."

조지안이 짜증을 내며 대답했다.

"그 대신 내일 동물원에 갈 수도 있는데? 바르 집에서 뭘 할 건데? 집에서 뒹굴면서 비디오 게임이나 하려고?"

단호한 표정의 모르간은 아무런 대답도 하지 않았다.

"바르는 아이들을 볼 줄 몰라."

조지안이 덧붙였다.

그림을 그리던 브니즈는 고개를 들어 조용히 대답했다.

"괜찮아. 꼭 안고 뒹굴 거니까."

바로 그것이 조지안의 마음에 들지 않는 점이었다. 어쨌든 그녀는 저녁 식사를 마치고 동생에게 일방적으로 스케줄을 전달했다.

"뭐? 난 오후에는 아이들을 볼 수 없어!"

"나도 저녁 7시까지는 볼 수 없어. 생각해 봐, 난 일을 하잖아!"

바르는 조지안이 은근히 자신을 쓸모없는 존재라고 암시한다는 것을 눈치챘다. 누나가 일방적으로 끊어 버린 전화기를 잡고 바르가 말했다.

"다정도 하지."

매일 오후 바르는 병원에 들렀고, 모를르방 여동생들을 다시 한번 병원에 데려가는 건 허용되지 않을 것이다. 그렇다면 아이들을 맡길 수 있는 곳은 한 군데밖에 없다.

"안녕, 에메!"

"아, 바르!"

에메가 바르의 두 뺨에 볼 인사를 했다. 그녀의 얼굴에는 아직 멍이 조금 남아 있다. 남편이 지구를 다녀가며 남긴 마지막 흔적들이다.

"아기는 괜찮아요?"

바르가 여자의 배에 손을 올리며 물었다.

"괜찮아요. 초음파로 본 모습이 어찌나 예쁘던지! 당신도 봤어야 하는데."

"아기가 초대장을 보내 줄 때까지 기다릴게요."

바르는 에메의 셔츠 깃을 붙잡았다. 그녀가 바르의 속셈을 알아차리고 미소를 지었다.

"나한테 부탁할 게 있나 봐요."

모를르방 아가씨들은 다음 날 정해진 시각에 바르 집 앞 계단참에 떨궈졌다. 아이들은 계단을 아기 코끼리처럼 조심스럽게 올라 아기 캥거루처럼 우아하게 펄쩍 뛰면서 초인종을 누르고는 신난 강아지처럼 큰오빠의 목에 매달렸다.

"안녕, 요 녀석들!"

바르텔레미가 아이들을 맞았다.

오전 시간은 아주 조용히 조지안이 예상한 대로 흘러갔다. 아이들은 사탕과 과자를 마음껏 먹으면서 비디오 게임을 했다. 그러고 나서 바르가 모르간을 위해 카펫에 만화를 펼쳐 놓자 브니즈는 배낭에서 자신이 가져온 보물을 꺼냈다.

"도대체 뭘 이렇게 잔뜩 가져온 거야?"

바르가 물었다.

"바비, 바비, 또 바비."

브니즈가 인형을 세어 보았다.

"그리고 켄. 오빠도 할래?"

바르가 막내 곁에 앉았다.

"아빠도 나랑 잘 놀아 줬어."

아이가 말했다.

바르는 '음' 하고 앓는 소리를 냈다.

"내 아빠랑 오빠 아빠랑 같은 사람 맞지?"

"응."

바르가 마지못해 대답했다.

"그래서 우리가 똑같은 거야."

바르는 브니즈가 조르주 모를르방의 부정할 수 없는 유산인 푸른 눈동자에 대해 말한다고 생각했다. 하지만 브니즈는 금발머리를 들어 올리며 이렇게 이야기했다.

"이것 봐, 나도 오빠처럼 호모야."

바르가 펄쩍 뛰었다.

"뭐?"

"안 보여? 귀고리 했잖아, 나도 귀고리 있어."

"오, 보이!"

그는 두려웠다. 웃음을 터뜨리고 몇 번이나 이렇게 말했다.

"끝내준다, 끝내줘!"

오빠가 자신을 놀린다고 생각한 브니즈는 오빠랑 똑같이 '끝내준다, 끝내줘!' 하면서 인형으로 오빠의 팔을 탁 쳤다. 바르가 아파서 쓰러지는 척하자 브니즈가 오빠에게 올라타 간지럼을 태우기 시작했다. 모르간도 동생을 도우려고 뛰어들었다.

"내가 오빠 팔을 잡았어!"

모르간이 소리쳤다.

"간지럽혀! 간지럽혀!"

"도와줘요! 도와주세요! 에메!"

바르가 숨넘어갈 듯 웃으며 소리쳤다.

그는 모르간을 팔로 잡고 브니즈 위에 넘어뜨렸다. 모를르방 형제들은 바닥을 구르면서 웃었다.

"시메옹 오빠도 같이 있다면 좋을 텐데."

브니즈가 말했다. 모르간도 걱정스러운 눈빛으로 오빠에게 물었다.

"다음에."

바르가 낮은 목소리로 대답했다.

"맹세할까?"

브니즈가 제안했다.

"그게 뭐야?"

바르텔레미가 불안해하며 물었다.

"가르쳐 줄게. 이렇게 주먹을 올리는 거야."

모르간이 설명해 주었다.

바르는 주먹을 쥐었다. 모르간이 그 위에 자신의 주먹을 올리자 브니즈가 마지막으로 이렇게 말하며 주먹을 맞댔다.

"모를르방이 아니면 죽음을!"

브니즈가 주먹을 풀었다.

"마음에 들어?"

"끝내준다! 그런데 그게 무슨 뜻이야?"

"우리는 절대 헤어질 수 없다는 뜻이야."

모르간이 설명했다.

바르는 후견인 담당 판사가 이 맹세를 어떻게 생각할까 궁금해하다가 부정적인 결론을 내렸다. 모를르방 형제들은 이미 헤어졌다. 그리고 계속 헤어져 있다. 모르간은 다시 책을 읽기 시작했고 브니즈는 켄의 옷을 벗겼다.

"오빠가 나한테 선물을 해 주면 좋겠어."

브니즈가 바르에게 말했다.

"왜 내가 너에게 선물을 줘야 하는데?"

"오빠는 날 사랑하니까."

브니즈가 부드럽고 대담한 미소를 지으며 대답했다.

"암튼 여자들이란! 무슨 선물을 받고 싶은데?"

"켄!"

"이제 그만! 벌써 사 줬잖아."

"응. 그런데 불행해 해. 남편이 없잖아."

브니즈가 불평했다. 바르는 당황하여 아무 말도 할 수 없었다.

"내가 어떤 켄을 원하는지 알아?"

브니즈가 황홀한 표정을 지었다.

"동화 속 왕자님!"

바르는 브니즈를 주의 깊게 바라보다가 결국 이렇게 인정했다.

"사실 내가 원하는 것도 그거야."

"하지만 아이들을 좋아해야지."

모르간이 바르에게 조언을 해 주었다. 고약한 레오에 대한 기억을 아직 잊지 않고 있었던 것이다.

"아예 광고를 하지 뭐. '성가신 아이들을 사랑으로 키워 주실 동화 속 왕자님 구함'이라고."

바르가 말했다.

'그리고 모브와쟁 교수실에 붙여 놓을 거야.'

바르가 마음속으로만 생각했다.


니콜라 모브와쟁 교수는 며칠 전부터 그에게 거리를 두고 있었다. 멀리서 손으로 인사하고는 그에게 가까이 다가오지 않고 사라졌다. 바르는 모브와쟁 교수가 왜 그러는지 궁금했다. 이유는 간단했다. 시메옹의 치료가 러시안룰렛과 비슷해서 그의 형과 이야기하고 싶지 않았던 것이다. 아이가 너무 고통스러워해서 니콜라는 조프레와 상의하여 모르핀 양을 늘렸다. 지금은 계속해서 모르핀이 흘러 들어가고 있다. 시메옹은 대부분의 시간 동안 잠들어 있었고 가끔은 죽음처럼 깊은 잠에 빠져들었다. 음식을 통 넘기지 못해서 링거로만 영양을 공급받았다. 바르가 117호실 문을 다시 닫을 때면 침묵이 너무나도 무거워 마치 무덤에 들어온 것만 같았다.

여동생들과 즐거운 한때를 보낸 수요일 오후, 바르는 시메옹이 잠시라도 의식을 되찾기를, 그래서 그에게 브니즈와 모르간 흉내를 보여 줄 수 있기를 바랐다. 하지만 그날 역시 시간은 모래시계 속의 모래알처럼 무정하게 흘러갔고, 시메옹은 끝내 눈뜨지 않았다. 에블린이 들어와서 약 주머니를 바꾸었다. 한 방울, 한 방울, 링거액이 흘러들어갔다.

"아무 소용 없어요."

바르가 시무룩한 표정으로 간호사에게 말했다. 그녀는 말없이 그의 어깨를 잡았다.

병원 정원에 어둠이 내렸다. 면회 시간은 지났다. 바르는 여동생들을 다시 만난다 해도 위로가 되지 않으리라는 것을 알고 있다. 에메가 동생들을 조지안에게 바래다줄 것이다. 바르는 일 분, 단일 분만이라도 시메옹이 눈을 뜨기를 기대하며 병실에 남아 있었다. 몸이 굳어진 그는 하나뿐인 소파에서 일어나 침대 가장자리에 걸터앉았다. 시메옹은 편안한 얼굴로 가늘게 숨을 쉬고 있었다. 바르가 동생의 손을 잡았다. 얼음장처럼 차가웠다.

'이 아이는 죽어 가고 있어.'

"내 동생."

바르가 속삭였다.

재미있다. 삶이 그에게 가져다준 선물, 갑자기 주어졌다가 이제는 다시 스러져 가고 있는 형제라는 존재. 처음부터, 태어나기도 전부터 그는 모든 것을 잃었다.

"그래."

바르가 손을 내려놓으며 말했다.

그는 고통에 휩싸인 채 몸을 일으켰다. 그는 잊기 위해, 밤새 도시를 방황하며 마시고 춤추고 망가지기 위해 병실을 뛰쳐나갔다. 아침이 되자 바르는 집에 데리고 왔던 남자를 서둘러 문밖으로 내보냈다. 그러고는 평소보다 단정하게 옷을 차려입었다. 생트 클로틸드 고등학교에 들러 교장 선생님에게 시메옹은 이제 노트 필기나 수업 자료가 필요하지 않다고 말했다.

교장 선생님은 몹시 마음 아파 했다. 그 비범한 학생을 눈여겨보고 월반시키는 과감한 선택을 했던 사람이 바로 교장이다. 바르텔레미가 동생의 입원 사실을 알리려고 왔을 때 교장 선생님은 이 청년의 '스타일'에 조금 놀랐다. 그렇지만 곧 익숙해졌고 지금은 친숙해지기까지 했다.

"정말인가요? 희망이 전혀 없어요?"

"말도 하지 못해요."

그가 가까스로 눈물을 참으며 이야기했다.

"시메옹이 역사 과목을 쉽게 공부할 수 있도록 반 친구들이 정리해 놓았어요. 아주 잘 만들어 놓았는데."

교장 선생님이 한숨을 쉬었다.

학생들이 이렇게 똘똘 뭉치는 모습은 별로 본 적이 없다. 교장 선생님은 바르 때문에, 시메옹 때문에, 또 모든 아이들 때문에 안타까웠다. 바르는 문득 한 가지 생각이 떠올라 고개를 들었다.

"시메옹의 반 친구들에게 고맙다는 인사를 하고 싶어요."

오늘 아침 바르의 집을 나선 그 남자처럼, 늘 다른 사람을 이용하고 나면 던져 버리던 바르가 '고맙다'는 인사가 하고 싶어진 것이다. 교장 선생님은 청년에게 알겠다는 눈빛을 보이고, 잠시나마 망설이던 것을 후회했다.

"이리 와요. 지금은 철학 시간이에요."

꽃미남 청년의 등장은 졸업반 교실에 소란을 불러일으켰다. 바르가 입을 열어 이야기를 시작하자 몇몇 남학생들의 입술에 묘한 미소가 번졌다가 이내 사라졌다.

"시메옹의 형이에요. 여러분이 그동안 동생을 위해 해 준 일에 대해 고맙다는 말을 하고 싶어요."

바르는 이렇게 많은 사람들 앞에서 이야기하는 게 익숙하지 않았다. 그래서 간단히 마무리했다.

"그렇지만 이제는…… 그러니까 시메옹이 더 이상은…… 공부할 수가 없어요. 그러니까, 대입 시험에⋯⋯."

바르의 말이 자꾸 끊겼다.

"여러분 모두가 합격하기를 바랍니다. 그러니까⋯⋯ 그날, 시메옹을 생각해 줄 거죠?"

모두가 숙연해졌다.

"우리는 당신도 기억할 거예요."

철학 교사가 바르에게 말했다.

바르는 거의 달리다시피 고등학교를 빠져나와 집까지 달려갔다. 그러고는 침대에 누워 잠이 들었다. 오후 세 시가 지나서야 눈을 떴다.

평소라면 이 시간에는 117호실에 있어야 한다. 하지만 시메옹이 이미 죽었거나 죽어 가고 있는 지금 그곳에 가야 할 이유를 찾을 수가 없었다. 그는 억지로 커피를 마시고 셔츠를 갈아입은 다음 무거운 발걸음으로 생 탕트완 병원으로 향했다. 바르는 복도에서 마치 조난당한 사람처럼 서 있는 어린 필립의 부모와 마주쳤다. 그들은 잠시 서로를 바라보았다. 굳이 소식을 물을 필요도 없었다. 바르가 117호실 문을 밀고 들어갔다.

"왜 이렇게 늦었어?"

충격이 너무 큰 나머지 바르는 비명을 지를 뻔했다. 시메옹이 살아났다.

"죽지 않은 거야?"

바르가 바보처럼 중얼거렸다.

"내가 죽을 줄 알았어?"

시메옹이 재빨리 받아쳤다.

"모르핀 양을 줄였어. 아마 치료를 중단한 것 같아."

시메옹이 설명했다.

어제 저녁, 바르텔레미가 나가고 얼마 지나지 않아 조프레와 모브와쟁은 화학요법을 중단하기로 결정했다. 영양제와 진통제만 링거로 계속 주입했다.

"수업 자료 가져왔어?"

시메옹이 물었다. 바르는 어쩔 줄 몰라 하며 고개를 저었다.

"아니. 널 땅에 묻어 버렸거든."

바르는 기뻐할 힘조차 없었다. 사태를 되돌려 놓아야 하지만 너무 멀리 흘러가 버렸다. 그의 등 뒤에서 문이 열렸다. 간호보조사 마리아다.

"맛있는 차를 먹을 사람이 누구일까요?"

그녀가 다정하게 말했다.

"비스킷 두 조각도 있어요."

보리수차와 비스킷 두 조각이었다. 바르는 시메옹의 무릎에 놓인 상을 보며 이제껏 병원에서 일어난 일 중 가장 놀라운 사건이라도 되는 양 눈을 떼지 못했다.

"이걸 다 먹는다고?"

시메옹이 첫 번째 비스킷 조각을 입에 가져가자 바르가 흥분해서 소리쳤다.

"급하게 먹지 마. 반만 먹어……."

그렇지만 시메옹은 비스킷을 전부 다 먹고 눈가에 미소를 띠며 두 번째 조각까지 해치웠다. 바르는 조금 진정이 되어 자리에 앉았다.

"나 좀 자야겠어."

시메옹이 상을 조금 밀면서 말했다.

그때부터 바르는 1분 단위로, 그러다가 15분 단위로 시간을 쟀다. 시메옹이 신음하고 자신을 부르고 울면서 구토하기를 기다렸다. 하지만 시메옹은 그러지 않고 잘 잤다. 바르는 전날처럼 침대에 걸터앉았다. 그리고 동생의 손을 잡았다. 뜨거웠다. 너무 뜨거웠다. 열이 나고 있었다.

그때 병실 문이 다시 열렸다. 조프레였다.

"열이 나요."

바르가 몸을 일으키며 알려 주었다.

조프레는 살짝 얼굴을 찌푸리며 시메옹의 이마에 손을 얹었다.

"너무 좋다 싶었지."

의사는 덤덤하게 말했다.

그는 아무 설명 없이 병실을 나갔다. 바르 역시 아무 말 없이 벽에 기댄 채 간호사와 의사, 간호보조사가 왔다 갔다 하는 모습을 지켜보았다. 열을 쟀다. 39도 5부. 혈액검사. 소변검사. 링거액 변경. 항생제 투여. 다시 병원에 내린 어둠 속에서 사람들은 바르의 존재를 잊고 있었다. 믿는다. 믿지 않는다. 또 믿는다. 믿지 않는다. 얼마나 견디기 어려운 변덕인지! 바르의 마음속에 반항심이 솟구쳤다. 그만해! 다 그만하라고! 대체 무슨 권리로 시메옹을 이토록 몰아붙이는 거야?

"나오시겠어요?"

철저히 사무적인 말투로 에블린이 물었다.

복도에서 바르는 어린 필립의 부모가 서로의 품속에서 울고 있는 것을 보았다. 바르의 마음속에서 반항심이 울부짖었다. 다 터뜨려 버려! 한 번에 다 끝장내는 거야. 그때 한 남자가 단추를 채우지 않은 가운 주머니에 손을 넣고 계단을 올라오고 있었다. 모브와쟁 교수다. 바르는 그에게 욕을 퍼붓고 싶었다. 니콜라 모브와쟁은 바르텔레미를 보더니 미소를 지었다.

"좀 나아졌지요?"

"뭐라고요?"

바르가 명치를 한 대 맞은 사람처럼 가까스로 되물었다.

"시메옹이요. 몰랐어요? 화학요법을 중단했어요. 아이가 치료를 아주 잘 버텼어요. 검사 결과도 좋고."

"열이 39도가 넘어요. 하나가 끝나니 또 하나가 시작이군요. 망할 놈의 병원!"

"조프레에게 들었어요. 아마 요로 감염일 거예요. 시메옹은 그보다 훨씬 더 중한 병도 견뎌 냈어요."

모브와쟁 교수가 건조하게 대답했다.

그들은 시메옹과 함께 비극적인 참사를 가까스로 모면했다. 모브와쟁 교수는 불면증에 시달리고 있었다. 그 모든 힘겨운 과정이 이 멍청한 녀석에게 욕을 듣기 위해서였다니. 그는 두 손을 주머니에 더 깊숙이 찔러 넣고 그 어느 때보다 마음이 상해 자리를 떴다.

**13**

모를르방 아이들의 불행을 막기 위해
13장은 존재하지 않는다.

# 14
## 우리의 항해는 이제 침몰하지 않는다

지평선이 밝아 오고 있다.

"이번 방법은 통했어요."

조프레가 자랑스럽게 말했다.

두 의사가 치료 상황을 평가하는 시간이었다. 모브와쟁 교수는
침묵을 지켰다. 그리고 자신이 최근 견뎌 온 여러 낮과 밤들을 생
각했다. 어찌 보면 바보 같은 일이었다. 모든 환자가 힘든 시기를
겪을 때마다 자신의 삶을 파괴할 수는 없지 않은가.

"열은 다 내렸어?"

그가 물었다.

"아침에 37도 1부였어요. 상황이 통제되고 있어요."

"수혈은?"

"필요 없어요. 백혈구들이 회복되었거든요. 여전히 빈혈은 있지만 시메옹이 음식을 먹기 시작했어요."

이제 시메옹은 구역질도, 구토도 하지 않는다. 소화계 문제를 일으키는 건 백혈병이 아니라 화학요법이었다. 바르는 링거대를 밀며 복도를 걸어 다니는 동생을 대견하게 바라보았다. 바르는 동생이 점심 먹는 것을 보려고 병원에 일찍 도착했다. 그리고 저녁 먹는 것을 보려고 면회 시간이 끝나도 남아 있었다. 아무리 보고 또 봐도 동생이 밥 먹는 모습을 보는 건 질리지 않는다.

화학요법을 중단한 지 사흘째 되는 날, 모브와쟁 교수가 117호실에 들어섰다. 바르는 마치 누가 똥침이라도 놓은 듯이 황급히 소파에서 몸을 일으켰다. 며칠 전 계단에서 만나 소리를 지른 이후, 교수를 처음 만나는 것이었다.

"그날 일은…… 죄송해요."

바르가 얼굴을 붉히며 더듬거렸다.

모브와쟁은 벌써 다 잊었다는 듯이 고개를 저었다. 그는 거의 다 빈 주사액 주머니를 흔들어 보고는 시메옹을 향해 몸을 기울였다. 주삿바늘을 고정해 주던 반창고를 아주 조심스럽게 떼어 냈다. 그리고 그보다 더 조심스럽게 주사를 제거했다.

"끝났어."

환자와 의사가 서로의 눈을 바라보았다.

"월요일에 퇴원하는 게 어때?"

"……퇴원이라고요?"

시메옹이 못 믿겠다는 듯이 되물었다.

"그럼 여기서 무단 거주를 계속할 텐가?"

모브와쟁 교수가 장난으로 화를 내며 물었다.

바르가 눈살을 찌푸리며 팔짱을 낀 채 다가오자 교수가 그에게 곁눈질을 했다.

"시메옹은 어디로 가죠?"

교수가 물었다.

"폴리 머시기에 있는 쥐구멍으로요."

바르가 농담이라는 걸 알리려고 웃기 시작했다. 그리고 간단히 덧붙였다.

"저희 집이요."

모브와쟁은 허락한다는 듯 고갯짓을 했다. 에블린이 몇 가지 처치를 위해 병실로 들어서자 니콜라와 바르는 함께 밖으로 나왔다.

"여쭤 보고 싶은 게 있어요."

바르가 모브와쟁의 가운 소매를 잡았다. 니콜라는 바르의 손을 내려다보았다. 바르는 불에 덴 듯 화들짝 놀라 소매를 놓았다.

"시메옹은 다 나은 건가요?"

"완전관해를 얻었어요."

바르는 자신도 모르게 모브와쟁의 팔에 손을 올렸다. 가지 말라는 뜻이었다.

"의학 용어 말고요. 관해가 무슨 뜻이죠?"

다시 한번 바르의 눈썹이 꿈틀거렸다. 그는 의사가 도망가지 못하게 막고 싶었다. 그의 설명을 듣고 싶었다. 듣고 이해하고 싶었다.

"'관해'와 '완전관해'라는 말을 해요. 이번 시메옹의 경우처럼 혈액과 세포에 비정상적인 상태가 보이지 않는 걸 말합니다. 이제 시메옹과 당신이 똑같은 상태가 된 거예요."

바르가 얼굴을 찡그렸다.

"머리카락은 다시 자랄 거예요."

니콜라 모브와쟁이 안심시켜 주었다.

"식욕도 돌아오고 있고 체중도 곧 늘 거예요."

그렇지만 바르에게는 여전히 거슬리는 점이 하나 있었다.

"그런데 왜 '완치'라고 안 하고 '관해'라고 이야기하는 거죠?"

"아직 모르는 일이니까요. 지금은 보이는 모든 백혈병 세포들을 파괴했어요."

순간 바르의 머릿속에 복도를 떠돌던 어린 필립의 부모가 떠올랐다.

"재발 위험이 있는 거군요?"

"…… 맞아요."

교수가 인정했다.

"현재로선 재발 원인이 밝혀지지 않았어요. 아마 변형된 백혈병 세포들이 제한된 어떤 영역에 숨어 있는 게 아닌가 생각하고 있어요. 말하자면 잠을 자고 있는 거죠. 그렇지만 무언가가 그들을 깨어나게 할 수도 있어요. 그래서 시메옹의 상태를 유지하기 위한 치료를 계속할 거예요. 처음에는 매달, 그다음에는 두 달, 그다음에는 석 달 간격으로."

그는 미소를 지으며 바르의 팔을 한 번 툭 치더니 이런 결론을 지었다.

"그렇지만 대입자격시험 전에는 중단할 겁니다. 시메옹이 합격하고 싶어 하니까. 우리도 그러기를 바라고요. 그럼 실례할게요. 전 일이 있어서."

모브와쟁 교수는 성큼성큼 등 뒤에 꽂히는 바르텔레미의 시선을 느끼며 멀어져 갔다.

월요일은 아주 특별한 날이었다. 조프레와 에블린, 마리아뿐 아니라 모브와쟁 교수가 담당하는 병동 전체가 두 형제들과 이들의 특별한 사연에 애착을 느끼고 있었다. 끔찍한 병과 싸우고 있는 이곳에서 두 사람의 이야기는 쉴 틈이 되어 주었다. 시메옹은 구급차가 도착할 때까지 열 명 정도와 악수를 했다. 조프레는 지난밤 사망한 어린 필립의 부모 곁을 지키느라 모브와쟁 교수가 배웅 나오지 못했다며 대신 인사를 전했다. 바르는 잠시 서운한 생각이 들었지만 곧 그런 감정에 부끄러움을 느꼈다.

"가엾기도 하지."

바르의 말은 진심이었다.

조프레에게는 아직 거북한 임무가 하나 더 남아 있었다. 그는 가운에서 봉투 하나를 꺼냈다.

"교수님이 전해 달라고 하셨어요. 아마 몇 가지 조언이 적혀 있을 것 같아요."

의사가 쪽지를 바르에게 건넸다. 그럴 가능성은 별로 없어 보였다.

"네, 이거군요."

바르가 마치 모브와쟁 교수에게 들어 알고 있다는 듯 대답했다. 그는 무심한 표정으로 봉투를 접어 바지 뒷주머니에 찔러 넣었다. 그러고는 몹쓸 병 때문에 생기를 잃은 동생을 보았다. 벌써 가느다란 솜털이 머리를 뒤덮기 시작했다.

"이제 갈까, 햇병아리?"

구급차가 계단 아래에서 기다리고 있었다. 남자 간호사 대신 형의 어깨를 선택한 시메옹이 악몽에서 멀어져 갔다.

바르의 집에는 방이 하나밖에 없다. 그 방을 쓰라고 했지만, 시메옹은 거절했다. 거실 소파와 책과 공책을 놓을 공간만 있으면 충분하다고 생각했다.

옷가지들은 그냥 여행 가방에 들어 있었다.

"가방은 풀 필요 없어. 삼 주 뒤에 다시 병원에 가야 하잖아."

바르는 소파에 앉았다. 두 형제가 마주 바라보았다. 둘을 이어 주는 미소 속에 애정과 장난기가 섞여 있었다.

"고마워, 형."

시메옹이 말했다.

고마워, 느닷없이 내 인생에 끼어들어 줘서. 내 삶을 바꾸고 날 변화시켜 줘서 고마워. 하지만 속으로만 생각할 뿐 형인 바르는 아무 말도 더 할 수 없었다. 시메옹이 책을 하나 집어 들었다.

"방해하지 않을게."

다른 할 일이 생각난 바르가 말했다.

방에 들어간 그는 봉투를 꺼내 보았다. 그러고는 부채처럼 흔들어 보았다. 그 안에 무엇이 들어 있을지 가늠해 보았다. 만나자는 약속? 고백? 봉투를 열어 보았다.

친애하는 모를르방 씨,

시메옹이 퇴원하는 모습을 지켜보지 못해 매우 아쉽습니다.

하고 싶었던 말이 있어서 이렇게 편지를 씁니다. 사무실에서 당신을 처음 보았을 때 당신이 그토록 헌신적으로 시메옹을 돌보리라 기대하지 않았습니다. 내가 틀렸다는 걸 알고 난 뒤에야 이 말을 털어놓는 저를 용서 해주기 바랍니다. 삼 주 뒤 시메옹을 다시 만날 때 당신과 인사할 기회가 있다면 좋겠군요.

그럼 안녕히 지내기를.

니콜라 모브와쟁

"끝내주게 섹시하네."

바르가 침대에 누워서 킬킬거렸다.

모브와쟁 박사처럼 성숙한 남자가 자신 같은 애송이에게 무턱대고 빠져들지 않으리라는 걸 알았어야 했다. 니콜라는 경계했고 그는 틀리지 않았다. 바르는 가벼운 정도가 아니라 날아다니는 정도였다. 그날 저녁에도 시메옹은 형의 베트남인 남자 친구를 견뎌 내야 했다. 그는 다마고치 개발자가 아니었고 17명의 재봉사 사촌들 중 한 명이었다.

그 후 보름 동안 형제는 서로 부딪히지 않으려고 무던히 노력했

다. 시메옹은 니체를 읽다가 형이 만화 잡지를 다시 읽는 것을 보
며 다정하게 물었다.

"한 번 보면 이해가 잘 안 돼?"

이어진 바르의 대답은 그리 다정하지 않았다.

"관심 꺼."

그렇지만 바르는 시메옹이 자신이 '정복한 대상'들을 달가워하
지 않는다는 것을 알고는 적어도 평일에는 그들을 집에 데려오지
않으려고 했다. 바르가 카페에서 파트 타임 일을 구하기도 해서,
두 형제의 일상은 견딜 만했다. 그리고 무엇보다도 수요일, 조지
안이 마지못해 두 여동생들을 아파트 앞에 떨구고 가는 멋진 수요
일이 있었다!

"이것 좀 봐, 바르 오빠. 동화 속 왕자님을 데려왔어."

브니즈는 조지안이 사 준 왕관을 쓴 끔찍하게 생긴 켄 인형을
흔들었다.

"오빠도 마음에 들지? 뽀뽀해 줘! 얘한테 뽀뽀해 줘!"

"얼굴 빨개졌어! 좋아하나 봐!"

동생만큼이나 신이 난 모르간이 소리쳤다.

"사랑에 빠졌어, 둘이!"

좀 더 얌전한 시메옹도 웃음을 감추지 않았다.

"이런 모를르방 바보들!"

바르도 동생들만큼이나 즐거워했다.

수요일에는 네 형제가 모두 거실을 벗어나지 않았다. 모믈르방 형제들은 넷이 함께하는 아주 짧고도 긴 하루를 만끽했다.

"형제 둘, 자매 둘."

브니즈가 손가락을 꼽으며 말했다.

파우와우가 없는 수요일이었다. 모르간과 시메옹에게 유년기는 이미 너무 멀게 느껴졌다. 두 사람은 끔찍이도 일찍 자라 버렸다. 그렇지만 두 사람은 소파에 나란히 앉아 브니즈와 바르텔레미가 노는 모습을 웃으며 바라보았고 눈에 담았다.

미래를 기약할 수 없는 수요일도 있었다. 조지안이 네 형제가 뭉치지 못하게 하려고 갖은 꿍꿍이를 부렸기 때문이다.


다시 입원하기 사흘 전, 바르는 시메옹을 데리고 혈액검사를 하러 갔다. 검사실 사람들이 그를 알아보고 의자를…… 바르텔레미에게 내주었다. 이번 검사 결과는 두 가지를 확인해 줄 것이다. 하나는 완전관해이고 또 다른 하나는 시메옹의 전반적인 상태, 특히 백혈구 상태가 일주일간 새로운 치료를 받을 만한지 알려 줄 것이다. 돌아오는 길에 시메옹은 피곤해하고 숨이 가빠지더니 길 한복판에 멈춰 섰다.

"잠깐!"

그가 바르에게 말했다.

형은 팔을 내밀 수도 있었다. 그렇지만 길 한가운데에 선 시메옹은 도움을 거절했을 것이고 바르는 그 이유를 잘 알고 있다. 그래서 바르는 시메옹이 다시 자신과 보조를 맞춰 출발할 수 있을 때까지 기다렸다.

입원하기 전날, 두 형제는 보이지 않는 책이나 더러운 셔츠 같은 사소한 문제에 매달렸다. 두 사람은 고양이 두 마리처럼 신경이 곤두서 있었다.

전화벨 소리에 놀란 바르는 날카로운 비명을 질렀다.

"여보세요. 모브와쟁 교수입니다. 바르…… 전화 맞나요?"

"네, 저…… 맞아요."

"내일 아침 9시에 기다리고 있겠습니다. 검사 결과가 좋아요. 진행해도 되겠어요."

"아! 그럼 관해가…….''

"확인되었어요."

니콜라의 말투는 마치 전투기 조종사 같았다.

하지만 조프레의 표현에 따르면 그들은 또 한 번 강력한 무기를 꺼내 들 것이다. 적은 밀려났지만 아직 전멸시켰다고 할 수는 없다. 만약 백혈병이 역습해 온다면, 첫 번째 승리를 가져다준 약들은 모두 쓸모가 없어질 것이다. 그래서 현재 상태를 유지하기 위한

241

지속적인 치료가 필요하다. 시메옹은 오전 열 시에 주사를 꽂았고 열두 시에 점심을 먹자마자 토했다. 바르는 동생에게 뭐든 먹이려고 했던 노력을 허사로 만든 그 주사기를 뽑아 버리고 싶었다. 분노를 억누르며 그는 장 볼 게 있다며 나왔다.

다음 날 신기한 일이 있었다. 점심 식사 직전에 교장 선생님이 117호실로 제자를 보러 왔다. 그는 시메옹이 점심 먹는 내내 곁을 지켰다. 시메옹은 속이 울렁거렸지만 토하지 않았다. 식사 직후에는 철학 선생님이 117호실로 들어섰다. 그는 시메옹에게 콩트스퐁빌의 훌륭한 책을 가져다주었다. 『대학입학자격시험을 위한 인용문의 보고』. 후견 담당 판사와 졸업반 학생 대표의 방문이 오후 내내 이어졌다.

다음 날에는 에메가 불룩해진 배를 보여 주려고 찾아왔다.

"딸이래요. 형이 아주 좋아해요."

그녀가 시메옹에게 털어놓았다.

"형은 자기처럼 멍청해도 예쁘기만 하면 좋을 것 같대요!"

시메옹이 웃었다. 그게 바로 바르다. 에메가 나가자마자 모르간과 브니즈의 손을 잡고 베네딕트가 들어섰다. 조프레가 허락해 준 것이다. 이제 병원은 바르 손 안에 있다고 해도 과언이 아니다.

"이 모든 사람들이 날 보러 오다니, 대단한 일이야. 그렇지, 형?"

시메옹이 말했다.

"그래. 네가 워낙 흥미로운 인물이잖아."

그렇지만 바르에게는 놀랄 일이 아니었다. 한 주가 그런 식으로 빠르게 지나갔다. 철학 선생님이 말한 '물질에 대한 정신의 승리'였다. 시메옹은 바르텔레미가 한 말 그대로 토할 시간도 없었다.

# 15

## 시메옹, 끝까지 버티다

"심리치료사를 만나고 싶어."

어느 날 모르간이 말했다.

아이들을 학교에 보낼 준비를 하던 조지안은 소스라치게 놀랐다.

"심리치료사? 브니즈가 만났던 사람? 왜? 학교에서 무슨 문제 있어? 괴롭히는 애들이 있는 거야? 엄마 생각이 나서 그래?"

모르간은 도저히 속을 알 수 없는 단호한 얼굴로 조지안에게 반항하곤 했다. 계속되는 전쟁에 지친 조지안은 모르간이 매주 토요일에 심리치료를 받는 브니즈를 질투하는 것이라고 생각했다.

"샤피로 씨에게 너도 상담해 줄 수 있는지 물어볼게."

조지안이 약속했다.

"고마워."

조지안이 진지하게 대답했다.

모르간은 고통을 겪고 있었다. 브니즈는 심리치료사가 슬픔을 치료해 준다고 했다. 그래서 자신도 치료를 받고 싶었다.

도로테 샤피로는 수요일 오후에 모르간을 만나기로 했다. 그녀는 모르간에게 말을 해도 되고 그림을 그리거나 무언가를 만들거나 인형 놀이를 해도 좋다고 이야기했다. 모르간은 조금 놀란 눈치였다.

"저는 이야기를 하러 왔어요. 비밀을 다른 사람에게 말하지 않죠?"

"안 해, 절대!"

"그럼 제 비밀을 이야기할게요."

고개를 숙인 모르간은 아주 낮은 목소리로 말을 이어 갔다.

"엄마가 죽었을 때 우리는 맹세를 했어요. 저랑 브니즈와 시메옹 오빠 셋이서요."

"맹세?"

심리치료사가 되물었다.

"네. 우리는 헤어지지 않기로 맹세했어요."

모르간이 고개를 들고 분명하게 말했다.

"모를르방이 아니면 죽음을! 그렇게 맹세했어요."

"모를르방이 아니면 죽음을?"

심리치료사가 따라 했다.

"네. 그런데 우리는 헤어졌어요."

"헤어졌어?"

"나랑 브니즈는 조지안 언니네 집으로 갔어요. 그리고 시메옹은 바르 오빠네 집이나 병원에 있어요. 배신한 거예요."

"배신을 했다고?"

"네."

이 묘한 여자애는 그 때문에 심리치료사와 이야기하고 싶어 한 것이다. 아이는 누가 배신했다고 생각하는 것일까? 엄마, 모르간 자신, 아니면 형제들? 어쩌면 모두가 배신을 했다. 아이가 다른 이야기는 하고 싶어 하지 않아서 치료사는 다시 대화를 이끌었다.

"너는 누구랑 살고 싶어?"

"시메옹 오빠랑 브니즈요."

"셋이서만?"

"아니요, 바르 오빠도요."

잠깐 망설이던 모르간이 덧붙였다.

"그리고 조지안도요."

아이는 조지안의 남편인 프랑수아 탕피에만 제외했다. 심리치료사는 모르간이 아버지와 어머니, 세 아이들로 이루어진 이상적인 가족을 재구성하려는 것이라고 생각했다. 그리고 그 사람들의 성은 모두 모를르방이다.

"있잖아, 모르간. 인생이란 복잡한 거야. 아이들이 모든 걸 다 해결할 수는 없어. 어른들이 결정해야 하는 일도 있는 거야."

심리치료사는 그 뒤에 이어질 일은 전혀 상상하지 못했다. 이렇게 진지하고 조숙한 소녀가 울음을 터뜨린 것이다.

"저…… 저는…… 매…… 맹…… 세했어요."

도로테 샤피로는 모르간의 비밀에 대해 말하지는 않았지만 조지안에게 면담을 요청했다.

"반대하는 건 알지만, 제 생각에는 가족 치료가…… 그러니까 적어도 가족끼리 한번 모여서 아이들의 양육 문제 등을 터놓고 이야기해 보면 좋을 것 같아요. 각자 의견을 솔직하게 말하고요. 아이들도 하고 싶은 말이 있을 테니까요. 결정하는 건 아이들 몫이 아니라 해도……."

조지안은 경계했다. 모르간은 시메옹과 브니즈, 바르텔레미를 요구할 것이다. 게다가 어떤 이유에서인지 후견 담당 판사가 자신의 입장을 분명히 밝히지 않고 있다. 어떤 날은 좋다고 했다가, 어떤 날은 아니라고 한다. 만약 심리치료사가 바르를 본다면, 그리고 게이에 대해 완전히 호의적인 입장이 아니라면, 그녀 역시 바르텔레미가 세 아이들의 양육을 책임지기에 부적절한 사람이라는 것을 알게 될 것이다. 어쩌면 가족 모임이 조지안에게 유리한 전환점이 될 수 있다.

후견 담당 판사는 그 제안을 흥미롭게 받아들였다. 심리치료사의 중재로 바르와 조지안의 힘겨루기가 막을 내릴 수도 있다. 로랑스 판사가 바르텔레미에게 전화를 걸어 모임에 대해 알렸다. 그는 사람들이 심리 테스트를 통해 자신의 정신 건강 상태를 평가하려한다고 생각했다.

"아니야."

시메옹이 퉁명스러운 말투로 안심시켰다.

"형이 제정신이 아닌 건 다들 알고 있어. 가족 치료는 조지안 누나와 형 사이에 엉킨 매듭을 풀어 보려는 거야."

하지만 바르는 생각을 굽히지 않았다.

"'그들'이 날 치료하려고 하는 거야."

"형은 편집증 환자야."

시메옹이 말했다. 하지만 바르는 동생의 말을 들으려 하지 않았다.

"난 게이야. 날 때부터 그랬어. 그렇다고 내가 누구한테 무슨 피해라도 줬어?"

"나. 지금 나 공부하는 거 안 보여?"

천재라고 해도 학기의 삼 분의 이를 결석했으니 따라잡으려면 열심히 공부해야 한다. 시메옹은 이제 막 첫 시험인 철학 과목의 마지막 단원에 도달했다.

아무도 가족 '치료'라고 부르기 원하지 않았던 가족 모임이 수요일에 열렸다. 바르는 불안하고 주눅 들고 미리부터 죄의식을 느끼면서 마지못해 참석했다. 그는 침울한 표정으로 나타나 이복 누나와는 인사조차 나누지 않았다. 그는 어린 여동생들과 뽀뽀하고는 마치 뇌 수술을 받으러 온 사람처럼 적대감 어린 눈으로 심리치료사를 뚫어지게 바라보았다. 브니즈는 도로테가 원형으로 배열해놓은 의자의 개수를 세어 보았다.

"여섯! 바르 오빠, 내 옆에 앉을 거지?"

아이는 모임을 의자 놀이로 착각해 잔뜩 기대하고 있었다. 모두 자리에 앉았다. 도로테는 원을 따라 한 바퀴 돌면서 적어 내렸다. 모르간 옆에는 시메옹이 앉았다. 시메옹은 바르를 보호하고 있었다. 바르의 또 다른 옆자리는 브니즈였다. 조지안은 브니즈와 심리치료사 도로테 사이에 앉았다. 그리고 옆에는 다시 이 모임의 출발점이 된 모르간이 있었다.

"그림 그려도 돼?"

심리 치료가 익숙한 브니즈가 물었다.

"난 악마 그림은 잘 못 그리는데. 그보다는 이야기를 하려고 모인 게 아닐까?"

조지안이 농담으로 분위기를 풀어 보려 했다.

"이야기를 하고 싶으세요?"

조지안 옆에 앉아 있던 도로테가 물었다.

조지안은 한 발 물러났다.

"전 딱히 할 말 없어요."

시메옹은 삼 초 기다렸다가 나섰다.

"전 오늘 우리가 후견인에 대해 이야기하러 모였다고 생각해요. 조지안과 바르텔레미가 경쟁하고 있어서 문제가 생겼지요. 지금까지 후견 담당 판사님은 어른들의 이야기를 들어 주셨어요. 오늘은 아이들의 이야기도 들어 보셨으면 좋겠어요."

"네 명성에 걸맞는 발언이구나."

조지안이 띄워 주었다.

"그렇지만 한 가지 바로잡고 싶은 게 있어. 나는 바르텔레미와 경쟁하고 있다고 생각하지 않아."

"아, 그래?"

바르가 소리쳤다.

"내가 태어났을 때부터 나를 깔아뭉개려고 했으면서 경쟁하는 게 아니라고?"

벌써부터 피곤해진 시메옹은 눈을 감았다. 심리 치료 시작부터 잘 돌아가고 있다.

"넌 태어나면서부터 늘 피해자인 척해 왔어. 너에게 이렇게 되라고 강요한 사람은 아무도 없어."

조지안이 말했다.

"내가 어떤데?"

바르텔레미가 소리쳤다.

"나는 그냥 그림 그릴래."

브니즈가 울먹이는 목소리로 말했다.

침묵이 이어졌다.

"우선 나는 피해자인 척한 적 없어. 나는 피해자야."

바르가 침울하게 말했다.

"피해자라고요?"

심리치료사가 좋은 기회를 잡았다고 생각하면서 되물었다.

"아버지에게 버림받았어요."

"또 시작이네. 여기 있는 우리 모두 아버지에게 버려졌어."

조지안이 한숨을 쉬며 말했다.

"내가 가장 최악이야. 날 보려고 하지도 않았으니까."

"당연하지. 아버지는 엄마가 임신한 줄도 모른 채 떠났으니."

조지안이 대꾸했다.

"뭐라고?"

바르의 눈이 커졌다. 그는 조르주 모믈르방이 임신한 여인을 버리고 떠났다고 알고 있었다.

"엄마가 임신한 건 사실이지만 엄마는 그 사실을 몰랐어. 아빠는 12월 31일 날 밤에 사라졌어. 새해를 함께 맞이하려고 아빠를 기다리고 있었기 때문에 정확히 기억해. 너는 9월 23일에 태어났어. 그러니까 엄마가 임신을 하자마자 아빠가 떠났던 거야."

"그럼 내가 존재한다는 사실도 모른단 말이야?"

바르가 째지는 듯한 목소리로 외쳤다.

"운이 좋은 사람들이 있다니까."

시메옹이 농담조로 말했다.

하지만 바르는 새로운 소식에 머리가 복잡해서 아무 생각이 나질 않았다. 그는, 아마 어머니가 그렇게 믿도록 놔두었기 때문에, 조르주 모믈르방이 의도적으로 임신한 아내를 버린 것이라고 알고 있었다. 아이들은 자기중심적으로 생각하기에 그 역시 아버지가 자신을 원하지 않아서 가족을 버렸다는 결론을 내리고 있었다.

"내가 존재한다는 사실조차 모르다니."

바르는 혼잣말로 되뇌었다.

"어쨌든 다 지난 일이야. 나쁜 놈이지."

조지안이 말했다.

"우리 아빠?"

시메옹이 중얼거렸다.

"이런 말 해서 미안하지만, 날 딸로 받아들인 다음에 날 버렸고, 우리 엄마를 버렸고, 그러고는 너희를 버린 사람이야."

"결국 난 비난할 게 하나도 없네."

바르가 냉소적으로 말했다.

"나도 그래. 난 아버지한테 무슨 일이 있었는지 몰라. 그리고 괴테가 말했듯이 우리는 부모님을 이해하고 용서할 때 어른이 되는 거야."

"대입자격시험을 준비할 때는 인용문 공부를 많이 하지."

조지안이 말했다. 그녀는 시메옹과 말할 때면 늘 아첨과 조롱 사이에서 망설였다.

"내가 하고 싶은 말은……."

잠시 침묵이 흐르는 틈을 타 모르간이 입을 열었다. 천재 오빠와 너무도 쉽게 사랑받는 여동생 사이에서 모르간의 존재는 잊혀질 때가 많다.

"나는 시메옹 오빠와 절대 헤어질 수 없어. 왜냐면 시메옹 오빠는 내 반쪽이야. 반쪽과 다른 반쪽을 갈라 놓으면……."

모르간이 눈앞에 왼손과 오른손을 활짝 펴고 두 손을 번갈아 보았다. 그러고는 왼손을 흔들어 보였다.

"반쪽은 슬퍼서 반밖에 살 수 없어."

이 사랑 고백이 어찌나 비장한지 심리치료사는 늘 하던 대로 중요한 말을 되묻는 방식으로 대화를 유도할 수 없었다.

"그거 알아? 나는 시메옹에게 내 피를 줬으니 내가 시메옹의 반쪽이야."

바르가 말했다.

"모르간, 너도 내 반쪽이야."

시메옹이 말했다.

"나는 모두의 반쪽이야."

자기도 끼고 싶은 브니즈가 말했다.

조지안과 바르텔레미는 서로 슬쩍 바라보았다.

"나는……."

바르가 말했다. 그리고 '이러면 안 되는데' 생각하며 목을 가다듬었다.

"내 반쪽은 조지안이야."

침묵이었다. 침묵이 기다리고 있었다. 조지안은 아주 슬쩍 빈정거리는 듯한 미소를 지으며 바르텔레미의 얼굴을 빤히 보았다.

"이게 대체 무슨 놀이인지 모르겠네. 네가 내 반쪽이라고 말해야 하는 거야, 아니면 내가 네 반쪽이라고 말해야 하는 거야?"

"마음대로 해."

바르가 투덜거렸다.

심리치료사는 숨을 죽였다. 가족 치료를 하다 보면 각자가 스스로의 길을 찾게 되는 마법 같은 순간이 찾아오기도 한다.

"나는 바르의 이복 누나야. 그리고 오늘 6월 13일부터……."

조지안이 손목시계를 바라보았다.

"오후 3시 32분부터 그 사실을 인정하겠어."

시메옹은 모르간을 향해 몸을 돌렸다.

"브라보!"

안타깝게도 모르간은 울음이 터져서 자신이 만들어 낸 기적을 만끽하지 못했다.

"내가…… 내가 원하는 건…… 우리 모두……."

"얼른 잡고 흔들어."

바르가 말했다.

"흔들어야 해."

"우리 모두…… 서로…… 서로…… 사랑하는 거야."

바르는 벌떡 일어나 모르간의 어깨를 잡고 마구 흔들었다.

"무슨 짓이야?"

조지안이 소리를 질렀다.

깜짝 놀란 심리치료사가 끼어들려고 했지만 어느새 모르간의 울음도 잦아들고 있었다. 만족한 듯 바르가 누나를 보며 말했다.

"이것 봐. 흔들어야 한다니까."

"끝내주네!"

모를르방의 막내가 큰오빠에게 열렬한 찬사를 보냈다.


열흘 뒤, 바르는 시메옹을 데리고 첫 번째 대학입학자격시험 고사장으로 갔다. 철학 시험이다. 네 시간 동안 시험을 치러야 한다. 이제 조금씩 머리카락이 나기 시작한 창백한 낯빛의 시메옹은 가쁜 숨을 몰아쉬었다.

"괜찮겠어?"

보통 수험생 엄마보다 더 긴장한 바르가 물었다.

시메옹이 웃었다. 너무 열심히 하다가, 또는 감정이 격해져서 실신하지만 않는다면 괜찮을 것이다.

네 시간 후 바르는 고사장 출구로 그를 데리러 왔다.

"어땠어?"

"남들과 다르게 살 권리를 주장할 수 있는가?"

시메옹이 선택한 주제였다.

"호모들도 자신의 삶을 살 권리가 있는가, 아니면 분홍색 천 조각*을 달고 살아야 하나?"

---

* 나치는 동성애자들에게 각 면 17센티미터의 분홍색 천을 달아 동성애자임을 표시하도록 했다.

바르가 걷다 말고 몸을 흔들며 말했다.

다른 학생들의 시선이 그에게 쏠리자 시메옹은 형의 어깨를 주먹으로 치면서 말렸다.

"그만해! 안 그러면 내가 그렇다고 결론지은 걸 후회할 것 같아."

그날 저녁, 시메옹은 저녁을 먹으면서 꾸벅꾸벅 졸았다. 그 후 며칠 동안 워낙 피곤해서 멍한 상태로 다른 시험을 치렀기 때문에 어떤 문제들이 나왔는지 답은 제대로 썼는지 물어볼 수조차 없었다.

"나머지 시험은 다음 주 금요일에 있어."

시메옹이 말했다.

시메옹은 다시 병원에 가야 했다. 모브와쟁 교수의 사무실에서는 나쁜 소식이 기다리고 있었다.

"적혈구 수가 급격히 줄어서 치료를 시작할 수 없어. 우선 수혈하면서 빈혈부터 치료하자, 시메옹. 그다음에 바르……의 집에서 두 주 정도 쉬었다가 와."

교수는 애칭을 사용하면서 미소 지었다. 바르텔레미는 그 소식을 담담하게 받아들였다. 그렇지만 117호실에 들어선 시메옹은 모브와쟁의 말을 자신만의 버전으로 재해석했다.

"빈혈이라고 하니까 생각나는 거 없어? 형 주치의 샬롱 박사님이 백혈병을 빈혈이라고 불렀잖아. 재발하고 있나 봐."

바르는 동생의 총명함이 진심으로 존경스러웠다. 그의 말을 반박할 수 없었다.

수혈 후 집으로 돌아간 시메옹은 형의 생활을 꽤나 힘들게 만들었다. 복통, 멍 등 모든 것이 그를 불안하게 했다. 시메옹은 병의 재발을 보여 주는 신호를 알아차리지 못했다며 바르를 원망했다. 또 자신의 주장을 반박할 만한 근거를 찾아보지 않는 것도 비난의 대상이 되었다. 혈액검사 날이 되자, 두 형제는 서로 말도 하지 않는 지경에 이르렀다.

이틀 뒤 니콜라에게 전화가 왔다.

"바르? 결과가 좋아. 동생에게 치료를 시작할 수 있다고 전해 줘."

바르텔레미는 이 전화를 받고 이중으로 행복했다. 재발이 없어서 기뻤고 니콜라가 반말을 해서 기뻤다.

병원에서 조프레는 바르에게 방학 전에 화학요법을 시도하기 위해 모르핀을 주사할 예정이라고 전했다.

"첫 번째 때처럼 너무 불안해하지 마세요. 시메옹이 반쯤 혼수상태에 빠지겠지만 위험한 건 아니에요."

바르는 어깨를 으쓱했다. 그는 이 세계, 이 세계의 언어, 그리고 리듬에 익숙해지고 있었다. 그는 강해졌다. 시메옹이 토하기 시작하면 부축을 해 주는 것도 바르다. 루틴, 그래, 이건 루틴이다.

대입자격시험 결과는 시메옹이 입원한 주에 발표되었다. 바르텔레미는 다리가 후들거렸지만 귀족처럼 우아하게 차려입었다. 성공이든 실패든 받아들여야 하는 일이다. 교장 선생님은 생트 클로틸드의 관례에 따라 학생들의 시험 결과가 고등학교 정문 앞에 게시된다고 일러 주었다. 11시쯤 필립 교장 선생님은 축하와 동시에 위로의 말을 하기 위해 강당에서 학부모와 학생들을 만날 것이다.

학교가 보이는 곳에 이르자 벌써 정문 앞에 많은 사람들이 모여 있었다. 바르는 멀리서 교장 선생님과 철학 선생님을 알아보았다. 그들에게 가볍게 고갯짓으로 인사했다. 갑자기 그의 등 뒤에서 이런 소리가 들렸다.

"바르다. 시메옹의 형이야."

정문 앞을 향해 걸어가는 그에게 내내 수군거리는 소리가 들렸다. 졸업반 학생들이 모두 거기 있었다. 반 친구들의 미소를 보면서 바르는 시메옹이 시험에 합격했다는 사실을 알아챘다. 정문에 이르자 경의를 표하듯 사람들이 길을 터 주었다. 공고문에는 이렇게 쓰여 있었다.

'시메옹 모를르방, 매우 우수한 점수로 합격함.'

"오, 보이!"

깜짝 놀란 바르가 중얼거렸다. 그러고는 잠시 멍하게 서 있다가 뒤를 돌아 하늘을 향해 주먹을 날리며 외쳤다.

"내 동생이 해냈다!"

웃음과 박수갈채가 동시에 쏟아졌다. 필립 교장 선생님 역시 흡족해하면서 바르에게 다가왔다.

"대단하지 않나요?"

그리고 허물없이 바르를 끌어안았다. 바르는 감동과 자부심에 들떠서 걸어나오다가 길 끝에서 자신을 바라보고 있던 모두를 향해 뒤돌아서 하늘 위로 주먹을 날렸다. 거리는 온통 기쁨으로 넘쳐나는 듯했다.

병원에 도착한 바르는 117호실 방문을 힘껏 열어젖혔다.

"신은 있어. 나는 모르몬교도가 될 거야!"

깜짝 놀라서 일어난 시메옹은 멍한 눈으로 형을 바라보았다. 그는 낮인지 밤인지조차 모르는 상태였다. 바르는 동생 곁에 쭈그려 앉았다.

"네가 해냈어, 햇병아리. 매우 우수한 점수로 합격했어. 무슨 소리인지 알아들었어?"

시메옹이 눈을 끔벅거리다가 미소 지었다.

"천재잖아."

시메옹이 변명하듯 읊조렸다.

시메옹은 다시 잠들었다. 바르는 병원 사람들의 축하를 받았다. 모든 사람들이 그를 찾아와 축하 인사를 하며 웃어 주었다. 소식을 들은 조프레와 모브와쟁도 계단을 올라 117호실을 찾았다. 바르는 조프레의 가운 소매를 잡았다.

"날 싫어하는 거 알아요."

그러면서 조프레의 뺨에 뽀뽀를 했다.

모브와쟁 박사는 가운 주머니에 양손을 찌른 채 그 장면을 바라보다가 한손을 꺼내 바르에게 악수를 청했다.

"우리 모두 정말 기뻐."

그가 간단히 축하 인사를 전했다.

그리고 모브와쟁은 자신의 사무실에 틀어박혔다. 기쁨으로 반짝이던 그의 두 눈에 눈물이 맺혔다. 바보 같았지만 그만큼 기쁜 일이었다. 이 승리는 자신의 승리이기도 했다. 죽음에 대한 승리. 어쩌면 내일이 없는 승리일지도 모른다. 하지만 오늘, 바로 오늘은……그대로 즐겨야지. 박사는 눈을 감고 중얼거렸다.

"오, 보이……."

# 16
## 모를르방 가족에게 지붕이 생기다
## 이제 독자는 삶이란 그런 것이라고 인정해야 한다

후견 담당 판사의 사무실에 들어서기 전, 바르는 시메옹의 조언을 하나하나 떠올렸다. '피해자인 척하지 마. 사생활에 대해서 말하지 마. 웃겨 보겠다고 바보 같은 소리 하지 마. 우리가 결정한 일을 끝까지 밀고 나가.'

"그래."

바르가 체크리스트를 확인한 것처럼 중얼거렸다.

안으로 들어가자 조지안이 먼저 와 있었다. 분명히 판사를 설득하고 있었을 것이다. 바르는 분노의 눈길을 보냈다가 이내 보조개가 패도록 미소를 지어 보였다.

"모두들 안녕!"

바르는 누구나 유혹할 수 있을 만큼 매력적이다.

"앉으세요. 오늘 할 일이 많아요."

로랑스 판사가 서둘러 말했다.

판사는 조지안과 바르텔레미를 번갈아 바라보았다. 판결이 어려워질 수도 있을 것 같다.

"우리가 여기에 모인 건 열다섯 살 시메옹과 아홉 살 모르간, 그리고 여섯 살 브니즈 모를르방 남매의 후견을 두 분 중 한 분에게 맡기기 위해서입니다."

"브니즈가 어제로 여섯 살이 되었죠. 가족끼리 조촐하게 생일 파티를 했어요."

조지안이 끼어들었다.

그 말이 바르의 마음에 돌을 던졌다. '가족끼리'라는 건 모를르방-탕피에 부부의 집을 뜻한다.

"현재 시메옹은 바르텔레미의 집에 있어요. 잘 지내는 것 같아 보이던데요?"

판사가 바르에게 묻자 그는 고개를 까딱해 보였다.

"모르간과 브니즈도 잘 지내고 있죠?"

판사는 조지안을 바라보았다.

"아주 잘 지내요."

조지안이 대답했다.

사실 명랑한 브니즈에 비해 모르간은 여전히 냉담하고 속을 잘 드러내지 않았다. 조지안은 자신에게 유리하도록 부풀려 말했다.

　"아이들을 받아 주신 두 분께 진심으로 감사드려요."

　물론 판사는 처음에는 두 사람이 어린 모를르방 아이들을 거부했던 일을 잊지 않았다.

　"이제 아이들을 위해 어떻게 하길 원하는지 한 분씩 말씀해 보세요."

　바르는 신사처럼 조지안에게 먼저 하라는 신호를 보냈다.

　"전 세 아이의 후견인, 그리고 두 여동생들의 양육을 원해요."

　동요한 바르는 자리에 가만히 앉아 있지 못했다. 로랑스 판사는 기다리라는 손짓을 보였다.

　"물론 시메옹이 형을 잘 따르는 것도 알아요."

　자신의 이복동생에게 애써 미소를 지으며 조지안이 말을 이어 나갔다.

　"시메옹은 거의 어른이 다 되었으니 바르와 함께하기를 선택한다면 존중해 주어야 한다고 생각해요."

　"그 점은 염두에 두죠."

　판사는 조지안의 타협적인 말투를 반가워하며 말했다.

　"하지만 두 여자아이는, 바르가 어떻게 돌볼 수 있을지 모르겠어요. 왜냐하면……."

바르는 거의 의자에서 튀어오를 뻔했다. 왜냐하면 뭐?

"바르의 아파트에는 방이 하나밖에 없어요."

조지안 역시 남편과 파우와우를 하며 문제가 될 만한 내용을 미리 검토했다.

"저는 여자아이들을 입양하고 싶어요."

조지안은 동생을 향해 몸을 돌렸다.

"바르, 난 아이를 가질 수 없어. 최근에 확인한 사실이야. 엄마가 되는 건 내가 이 세상에서 가장 간절하게 원하는 일이야. 그리고 아이들에게 내가 갖지 못한 진짜 가족을 줄 수 있는 일이기도 해."

바르는 고개를 숙이며 한마디 했다.

"그럴듯하네."

그는 천천히 몸을 일으켜 판사를 바라보았다.

"제 차례인가요?"

"말씀해 보세요."

격려하는 듯한 말투로 로랑스가 말을 건넸다.

조지안은 몸을 부르르 떨었다. 판사는 바르를 더 좋아한다. 모두가 바르를 더 좋아한다.

"저는 제 남동생과 여동생들의 후견인 자격을 요구하지 않습니다."

바르텔레미가 슬픔이 가득 배인 목소리로 말했다.

"여동생들의 양육을 담당하기에 전 너무 어린 것 같아요. 경제적으로도 그렇고……."

"국가 보조금이 나올 거예요."

판사가 상기시켰다.

"알아요. 하지만 저는 책임감이 부족해요. 조지안도 그렇게 생각할 거예요."

바르가 말을 멈췄다. '피해자인 척하지 마. 건강해 보이지 않아.'

"그리고 여동생들을 위해서도……."

'저는 좋은 본보기가 아니에요'라고 말하려다가 시메옹이 '사생활에 대해 말하지 마. 형이 동성애자인 건 형 말고 아무도 신경 쓰지 않아'라고 했던 말이 생각났다.

"엄마가 있는 게 낫죠."

그는 어렵게 결론을 지었다.

"고마워, 바르."

정말로 감동한 조지안이 말했다.

"아직 내 말 끝나지 않았어. 가는 게 있으면 오는 게 있어야지. 누나가 말했듯이 시메옹은 나랑 같이 있을 거야. 그리고 내가 이야기했듯이 여자애들은 누나랑 같이 있고. 하지만 두 주에 한 번씩 주말과 방학 중 절반은 여동생들과 함께 지내고 싶어."

이혼한 부부처럼. 그게 바르와 시메옹이 결정한 내용이다. 바르
는 반드시 그것을 밀고 나가야 한다.

조지안은 즉각 격렬히 항의했다.

"그건 너무 심해요! 그럼 가족의 일상이 무너져요. 두 가정을 오
가는 거잖아요!"

"맞아."

바르텔레미가 인정했다.

"아이들은 어디서 재울 건데?"

"낮에는 우리 집에서 지내다가 밤에는 에메네 집에서 잘 거야."

바르가 판사를 바라보았다.

"윗집에 사는 이웃이에요. 아시죠?"

로랑스는 보일 듯 말 듯 눈썹을 치켜올렸다. 아, 알죠! 그녀는
바르와 에메가 꾸민 우스꽝스러운 연극을 기억하고 있다.

"에메가 아이를 낳았어요. 여자 아기예요, 이름은 오드리. 제가
대부예요. 제가 모르몬교도라서 문제가 될 텐데."

'바보 같은 소리 하지 마.' 시메옹이 신신당부했었다.

"농담이에요."

바르가 황급히 덧붙였다.

"모르몬교도는 아니지만 대부인 건 맞아요. 그리고 에메의 집에
는 아이들이 잘 수 있는 방이 있어요. 다 해결되었어요."

조지안이 슬쩍 고개를 저었다. 그녀는 바르를 질투했다. 바르는 그녀보다 훨씬 강한 상대였다. 조지안은 여자아이들도 바르를 더 좋아한다고 생각했다. 부당한 일이다. 조지안은 아이들에게 모든 것을 다 주었다. 그런데 바르는 고작 사탕이나 쥐어 주고 게임이나 하게 해 주는 것밖에 모른다. 그런데도 여자아이들은 그를 더 좋아한다.

"막다른 길에서 두 분이 보여 주신 노력에 대해 감사드려요. 조지안, 이제 당신을 모를르방 아이들의 후견인으로 지정하는 것을 거스르는 요소가 없네요. 바르텔레미, 후견 대리인 직무를 맡아 주시겠어요?"

"그 직함은……."

로랑스는 눈살을 찌푸리며 받아들이라는 신호를 보냈다.

"아, 알았어요."

조지안의 대리라는 느낌이 싫었던 바르가 마지못해 받아들였다.

"저는 오늘 모를르방 후견 건을 평온하게 마무리할 수 있어서 얼마나 기쁜지 모릅니다. 이 아이들은 몇 달 전까지만 해도 의지할 곳이 없었습니다."

로랑스 판사가 엄숙하게 말을 이어 갔다.

"세 아이들은 서로를 믿으며 기관의 온정에 기댈 수밖에 없었습니다. 또한 저는 아이들을 지속적으로 지켜볼 수 있도록 오늘부로 가족위원회가 구성되었음을 알려 드립니다. 이 가족위원회에서 조지안 모를르방 씨의 후견인 지명에 동의할 것이라고 확신합니다. 가족위원회의 구성원은 베네딕트 오로 사회복지사, 앙투안 필립 생트 클로틸드 고등학교 교장 선생님, 폴리 메리쿠르 보육원장, 생 탕트완 병원에서 아이들의 백혈병 치료를 담당하는 니콜라 모브와쟁 교수, 그리고 후견 대리인 바르텔레미 모를르방 씨……."

"카페 종업원."

바르가 말을 맺었다.

판사는 조지안이 완전히 동의하지 않는다는 사실을 잘 알고 있었다. 안과 의사는 얼마 전까지만 해도 모든 것을 잃을까 봐 두려워하고 있었다. 그런데 지금은 전부를 얻지 못해서 실망한 모습이다. 그래도 그녀는 동생의 뺨에 입 맞추며 인사하고는 사무실을 나갔다.

판사는 안도의 한숨을 내쉬었다. 그녀는 바르텔레미에게 도움이 될 수 있도록 최대한 그를 보호해 주었다. 판사가 구성한 가족위원회는 그와 이복 누나 사이에 분쟁이 생길 경우 동생에게 호의적인 결정을 내릴 것이다. 그녀는 바르를 향해 미소 지었다.

"힘든 시간이었어요. 후회되지 않아요?"

"판사님이 저에게 여동생들의 양육권을 주려고 했을까요?"

"솔직히 말하면, 아니요."

바르는 어쩔 수 없다는 듯 어깨를 으쓱했다. 그러고는 공모자 같은 말투로 물었다.

"혹시, 있어요?"

바르가 이로 깨무는 시늉을 해 보였다.

"아! 있어요, 있어."

로랑스가 얼굴을 붉혔다.

"서랍에요. 항상 떨어지지 않아요. 다른 사람한테는 말하지 않을 거죠?"

"일급비밀! 그런데 저도 먹고 싶어요. 먹으면 기운이 날 것 같아요."

로랑스는 초콜릿을 꺼냈다. 이미 상당 부분 먹은 상태였다. 판사는 남은 초콜릿을 둘로 쪼갰다. 그리고 바르의 코앞에서 경쾌하게 한 입 베어 물었다.

"그거 아세요?"

입안 가득 초콜릿을 베어 문 바르가 말했다.

"판사님 초콜릿 먹을 때 너무 섹시해요."

로랑스가 다시 한번 얼굴을 붉혔다. 이번에는 칭찬이었다.

"당신이 이쪽이 아니라는 게 정말 안타깝네요, 바르."

"그렇죠?"

바르텔레미는 판사의 사무실을 나선 후 생 탕트완 병원에 들렀다. 시메옹은 없었다. 대신 모브와쟁 교수가 자신의 방에 들르라는 쪽지를 남겨 두었다.

"그래서, 집안 문제는 잘 해결되었나?"

바르는 그에게 판사와 누나를 흉내 내기도 하면서 방금 있었던 일을 이야기해 주었다. 모브와쟁 박사는 자신도 모르는 사이에 웃음을 지은 채 경청했다. 사실 평소에 모브와쟁 교수는 바르의 가벼운 행동을 좋아하지 않았다.

"시메옹의 문제도 괜찮은가요?"

바르가 진지한 태도로 물었다.

"최근 검사 결과가 아주 좋아. 체중도 좀 늘고, 알다시피 철학과에 등록도 했고……."

바르는 계속 자신을 괴롭히는 질문을 하기로 결심했다.

"동생이 병을 이겨 낼까요?"

"이런 종류의 백혈병이 완치될 확률은 팔십 퍼센트 이상이야."

"완치요?"

바르가 다시 물었다.

"그래."

"시메옹은요?"

"다 끝났다고, 우리가 해냈다고 말했으면 좋겠지. 그렇지만 알 수 없어."

바르는 그 정도로 만족해야 한다는 것을 알고 있다. 후견 대리인이 되고 시메옹의 미래에 대해 잘 모르는 채 사는 것. 인생이란 그런 것이다.

바르에게는 바라는 게 하나 더 남아 있었다. 그는 니콜라에게 인사를 하려고 일어서서 자신의 운을 시험해 보기로 했다.

"저…… 혹시 오늘 저녁에 시간 있으세요?"

"아니."

분명한 거절이다. 모브와쟁 교수는 바르가 익히 알고 있는 피곤하면서도 불만족스러운 표정을 짓고 있었다.

"아무것도 아니에요. 그냥 제가 시간이 있어서 물어봤어요."

바르가 손을 내저으며 중얼거렸다. 실패. 처음부터 그랬다. 그렇지만 이번에는 믿고 있었다.

모브와쟁 교수는 안경을 쓰고 청년을 뚫어지게 바라보았다.

"선명하게 봐야 할 것 같아서."

그가 농담을 건넸다. 그리고 다시 천천히 안경을 내려놓았다.

"내일 점심때…… 괜찮나?"

그가 천천히 물었다.

"오, 보이!"

바르가 절망했다.

"내일은 동생들을 보기로 했어요. 오래전부터 약속했거든요. 햄버거 먹으러 가기로."

"그거 아주 좋은 생각이네. 햄버거 집이 어디야?"


토요일인 다음 날, 조지안은 여자아이들을 바르텔레미 집 앞까지 태워다 주었다. 아파트 앞에 내려놓는 대신 집 안으로 들어와 시메옹의 소식을 듣고 바르와 잠시 수다를 떨다가 배낭 두 개를 전해 주고 갔다.

"애들 짐이야. 주말 동안 데리고 있어. 다음 주말에는 내가 데리고 있을 테니."

"암튼 마음대로 내 일정을 정해 주는 게 누나 버릇이지."

바르가 불평했다.

"오빠, 동화 속 왕자님을 데려왔어. 내 배낭에 있어."

브니즈가 말했다.

집을 나서면서 조지안은 마지막으로 뒤를 돌아보았다. '얘들아, 내일 저녁 때 보자!'라고 말하려고 했다. 거실에서는 바르와 브니즈가 동화 속 왕자를 두고 옥신각신하고 있다. 모르간과 시메옹은 책을 꺼내 들었다. 동생은 『지구 중심으로의 여행』을, 오빠는 『존재와 무』를 읽고 있다. 조지안은 아예 그곳에 존재하지 않는 듯했다. 가슴이 죄어 오는 듯 아팠지만 거실에서 불고 있는 어떤 바람

같은 게 느껴졌다. 모를르방의 바람. 미풍일지 폭풍일지는 상황에 따라 다르다. 거기 있는 네 명은 자신의 유년기를 황폐하게 만든 남자의 아이들이다. 무언가가 이들을 묶어 주고, 그녀는 거기에서 제외되어 있다. 그 사실 때문에 상심하지 않으려면 그저 받아들여야 한다. 조지안은 조용히 그곳을 나왔다.

12시, 네 명의 모를르방은 햄버거 집으로 향했다. 브니즈는 바르의 손을 잡았다. 모르간과 시메옹은 나란히 앞장서서 걷고 있었다. 자리에 앉자 바르는 수시로 입구 쪽을 바라보았다. 모브와쟁 교수가 늦고 있다. 어쩌면 끝내 오지 않을지도 모른다. 모를르방 아이들과 햄버거 집에서 만나는 건 그리 섹시하지 않은 일이다.

한숨을 쉬며 바르가 햄버거를 한입 베어 물었다.

"어, 아는 아저씨다!"

브니즈가 말했다.

네 명이 모두 입구를 돌아보았다. 막 도착한 모브와쟁 교수가 누군가를 찾고 있었다.

"오빠가 찾는 동화 속 왕자님이야?"

브니즈가 말했다.

브니즈와 모르간은 웃음을 터뜨렸다. 시메옹은 천장을 올려다보았다. 모를르방 아이들을 발견한 박사가 그쪽으로 걸어왔다.

"형은 불치병이야."

시메옹이 형을 나무랐다.

"그래, 하지만 넌 아니야."

바르가 동생의 손 위에 자신의 손을 올리며 발랄하게 말했다.

갑자기 무슨 생각이 떠올랐는지 모르간이 주먹을 쥐며 맹세했다.

"모를르방이 아니면 죽음을!"

그러자 곧바로 두 오빠들이 주먹을 내밀고, 브니즈가 마지막으로 주먹을 쌓아올렸다. 모브와쟁은 이 나약한 구조물을 보고 미소를 지으며 말했다.

"나도 끼워 줄래?"

그러고는 두 손을 지붕처럼 맞대어 꼭대기에 올려놓았다.

# 그래도, 나의 가족이 되어주세요

주인공인 모를르방 남매는 엄마의 갑작스러운 죽음으로 고아가 되었습니다. 진작에 집을 나가 생사조차 알 수 없는 아빠, 아이들을 두고 스스로 목숨을 끊은 엄마. 너무나 절망스러운 상황이지만 맘껏 슬퍼할 여유도 없습니다. 열네 살 장남 시메옹, 여동생인 여덟 살 모르간과 다섯 살 브니즈, 세 남매가 서로 다른 시설로 뿔뿔이 흩어져야 할 수도 있으니까요. 그때, 맏이인 시메옹이 천재 소년답게 엄마가 한탄하듯 읊조리던 말을 떠올립니다. 아빠가 이전에도 결혼했었다니, 어쩌면 이들에게 이복 누나나 이복형이 있을지도 모릅니다. 만약 혈육이 나타나 후견인이 되어준다면 세 아이는 함께 지낼 수 있습니다.

이렇게 아이들의 험난한 가족 찾기 여정이 시작됩니다. 다행히 또 다른 모를르방 남매가 파리에 살고 있었습니다. 세 아이의 아버지인 조르주 모를르방에게 입양되어 모를르방이라는 성을 갖게 된 조지안은 부자 동네의 안과의사지만 이기적인 속물입니다. 게다가 아이를 기다리고 있던 터라 어리고 예쁜 브니즈만 데려가고 싶어 합니다. 조지안의 이복 남동생이자 아이들의 유일한 진짜 혈육인 바르텔레미는 세 남매를 귀찮아합니다. 그런 두 사람 사이를 오가던 아이들에게 또 다른 절망이 덮쳐 옵니다. 시메옹이 백혈병에 걸린 것입니다. 그는 병원에 입원해 바르텔레미에게 간호를 받고 여자아이들은 조지안의 집에서 지내게 됩니다. 결국 여러 현실적인 이유를 고려하여 후견인 선정 역시 여자아이들은 조지안이 맡고, 시메옹은 바르텔레미와 지내다가 주말이나 방학 때에만 세 남매와 바르텔레미가 함께 뭉치는 타협안으로 결정됩니다.

 가출한 아버지가 돌아온다거나 세 남매가 함께 행복하게 살았다거나 하는 그런 해피엔딩은 아닙니다. 하지만 후견인을 선정하는 과정에서 조지안과 바르텔레미, 시메옹, 모르간, 브니즈가 진짜 가족으로 거듭나는 과정을 볼 수 있습니다. 서로를 미워하던 이복 남매 조지안과 바르텔레미는 오해를 풀고 화해하게 됩니다. 세 아이는 엄마를 잃은 슬픔이나 아버지에 대한 원망에 빠져 있는 대신 상황을 적극적으로 헤쳐 나갑니다. 그런 아이들을 돕던 어른들도 사랑을 나누어 주는 법을 배우며 함께 성장합니다.

 이 책에 등장하는 특별한 가족의 형태를 보며 가족의 진정한 의미를 고민하게 됩니다. 때로, 피를 나누고도 남보다 못한 사이가 되는 경우를 봅니다. 그런가 하면 많은 차이와 어려움을 극복하고 서로에게 가장 든든한 울타리가 되어 주는 사람들도 있죠. 늘 어른스럽던 시메옹이 철없어 보이던 바르텔레미에게 의지하게 되는 것처럼요. 이렇듯, 가족을 가족으로 만드는 건 부족하고 이상한 서로의 모습도 이해하고 사랑하는 마음이 아닐까 생각해 봅니다.

마지막으로, 나를 오롯이 보듬어 주는 나의 가족에게, 나의 가족이 되어 주어서 고맙다는 마음을 전합니다.


이선한

## 오, 보이!

지은이 | 마리 오드 뮈라이유
옮긴이 | 이선한
초판 1쇄 발행 | 2022년 10월 6일
　　3쇄 발행 | 2023년 7월 5일
펴낸이 | 최윤정
만든이 | 유수진 전다은
펴낸곳 | 바람의아이들
디자인 | 이아진
등록 | 2003년 7월 11일 (제312-2003-38호)
주소 | 서울특별시 종로구 필운대로 116 (신교동) 신우빌딩 501호
전화 | (02) 3142-0495　팩스 | (02) 3142-0494
이메일 | barambooks@daum.net
제조국 | 한국
구독연령 | 11세 이상

www.barambooks.net

ISBN 979-11-6210-194-0 44800
ISBN 978-89-90878-04-5 (세트)

### Oh, boy!
By Marie-Aude Murail
Copyright © 2015 by l'école des loisirs, Paris
All rihgts reserved. Korean Translation Copyright © 2022 by Baram books.
Korean translation edition is published by arrangement with l'école des loisirs, Paris.